AF606143
NOUELA

# EL PRIMER LOCO

Rosalía de Castro

- COLECCIÓN MILANO -
NOVELA

Aliarediciones

COLECCIÓN MILANO - NOVELA


Depósito Legal: GR 405-2025
ISBN: 979-13-87590-78-9

Impreso en España

Edita ALIAR Ediciones
www.aliarediciones.es
info@aliarediciones.es

«Para mí había dejado de correr el tiempo, sólo existía Berenice, es decir, el universo, la eternidad, el todo concentrado en ella».

Rosalía Castro de Murguía

# EL PRIMER LOCO

Rosalía de Castro

- COLECCIÓN MILANO -

NOVELA

## Capítulo I

—¡Ya puedo respirar libremente... ya me encuentro en mi verdadera atmósfera! Sólo aquí, en este lugar de mis predilecciones, en mi quinta abacial, tan llena de encantos y de misterio, puedo calmar en parte la inquietud que me devora el alma... ¡pero, qué inquietud, Dios mío!

—¿Tu quinta has dicho...? Nunca he sabido...

—Sí, Pedro; tiempo hace ya que este hermoso retiro, con sus verdes frondas, su claustro y su silencio me pertenece de derecho. Espero que muy pronto ha de pertenecerme también de hecho, a no ser que la adversidad o el destino hayan dispuesto otra cosa.

—Pues quiera el cielo se cumplan sus votos y seas por largos años el único dueño de tan bella posesión, aunque la crea más útil para ti por los placeres ideales que te proporciona, que por lo que de ella hayas de lucrarte.

—¡Lucrarme...! Siempre esa palabra, siempre *el tanto por ciento*; ¿qué me supone a mí el lucro?

—Quizá nada, por más que la ganancia y el tanto por ciento hayan de ser, como quien dice, temas obligados en las realidades de la vida. Dichoso el que puede prescindir de semejantes pequeñeces; mas de lo que tú no podrás prescindir, es de un buen capital con el cual te sea fácil y decoroso dar más honesta apariencia a esas ventanas y puertas desvencijadas, por las que penetran la lluvia y el frío como huéspedes importunos; reparar esos paredones por todas partes agrietados y, en fin, levantar los techos medio hundidos que al menor soplo amenazan desplomarse.

—Lo de menos son los techos ruinosos, ventanas destrozadas y muros que se derrumban. Bien fácil cosa será, con unos cuantos puñados de oro, volver lo viejo nuevo, y convertir en cómodo asilo lo que en este momento semeja una triste ruina, a propósito únicamente para nido de búhos y ratas campesinas. Me cuido poco al presente (ya que espero mejores días) del interior de mi monasterio, y apenas si dirijo alguna mirada a sus desiertos corredores cuando subo a visitar al cura, que habita solo en donde tantos pueden caber a gusto y con desusada holgura. En cambio no pierdo de vista la iglesia y las bellas imágenes que pueblan los altares, y ante los cuales me postro cada día. Adoro de la manera más pagana los altos castaños y los añosos robles y encinas del bosque, bajo cuyas ramas suelo vagar día y noche con el recogimiento con que podría hacerlo el antiguo druida, cuando el astro nocturno estaba en su plenilunio, y amo este claustro y profeso a estos arcos, a estas plantas y piedras, el mismo apego que el campesino tiene a su terruño o a la casa en donde ha nacido, se ha criado, y enamorado quizá por primera vez y última vez de la que con él comparte las estrecheces de una vida de privaciones.

El que de esta suerte hablaba, dando a entender que el poético monasterio de Conxo (en cuyo claustro acababa de penetrar) no tan sólo le pertenecía de derecho, sino que de hecho iba a ser suyo para siempre, era un joven elegante, pálido, de rasgados ojos claros y húmedos, de mirada vaga, y cuya persona de distinguido y extraño conjunto no podía menos de atraer sobre sí la atención de todos, porque en realidad era imposible comprender, al verle, si una enfermedad mortal le devoraba ocultamente, o se hallaba en terrible lucha consigo mismo y con cuanto le rodeaba.

En la expresión de su rostro, entre dulce y huraño; en la correcta línea de unas facciones que revelaban la energía perseverante propia de los hijos de nuestro país; en todo su conjunto, en fin, había algo que se escapaba al análisis de los más suspicaces y versados en el arte de sorprender por medio de los rasgos de la fisonomía los secretos del corazón y las cualidades del alma.

Queríanle sin embargo sus amigos, y todos, todos se sentían instintivamente inclinados a admirarle, como a ser incomprensible, pero superior, a quien, por más que le tuviesen por excéntrico y visionario, no tan sólo le perdonaban defectos que constituían parte de su extraña originalidad, sino que gustaban de oír su palabra fácil, elocuente y hasta semitrágica en ocasiones, pero agradable siempre.

Ya tratase de sí mismo, o de los demás; ya discutiese sobre los objetos del mundo externo, o se ocupase únicamente de aquellos otros que llevamos ocultos dentro de nosotros mismos, fluctuando siempre entre lo real y lo fantástico, entre lo absurdo y lo sublime, dijérase que hablaba como escribía Hoffmann, prestando a sus descripciones y relatos tal colorido y verdad tal a sus fantasías, que el que le escuchaba concluía por decirse asombrado: «Ignoro si en realidad es o no un loco sublime; pero fuerza es convenir, por lo menos, en que posee una imaginación poderosa, gracias a la cual, se complace en extraviarse de la más bella manera posible, por los caminos menos accesibles a las inteligencias vulgares».

Aquel día, otro joven de entendimiento claro y también de gustos y aficiones mitad románticas, mitad realistas, le acompañaba. Observador concienzudo y amante de lo extraordinario, gustaba por lo mismo de prestar atención a las extrañas divagaciones a que comúnmente solía entregarse el hombre singular que acababa de asegurarle con todo aplomo ser el verdadero dueño del monasterio, sobre cuyo origen y campestre belleza, a porfía, novelistas y poetas han formado su leyenda o su historia, más o menos hermosa y más o menos real.

Ambos se sentaron bajo una arcada del claustro, a la sazón desierto por completo, pudiendo así percibirse en toda su agreste armonía el piar de los pájaros y el rumor de la fuente, únicos ruidos que hasta allí llegaban en aquel momento.

El sol brillaba sereno y tibio, y un viento frío de otoño agitaba suavemente, como si temiese herirlas con demasiada crudeza, las cintas de la perenne hierba que alfombraba el suelo, y las diversas plantas y agrestes, en las que sobresalían las legendarias matas de jazmines que adornan las rotas cornisas.

Los dos amigos permanecieron algún tiempo como recogidos en sí mismos, hasta que el nuevo cuanto extraño poseedor del monasterio dijo a su compañero:

—Escucha atentamente... ¿Qué oyes?

—Oigo trinos de aves, rumor de agua, y algo como imperceptibles quejidos que lanza el viento al pasar cerca de mí.

—¿Y nada más?

—Nada más.

—¡Ah!, no se comunican contigo, sin duda, los que vagan sin cesar en torno nuestro en invisible forma, o acaso no los entiendes: pero yo los siento, percibo y comprendo, aun cuando no pueda verlos. No sólo envueltos en las tinieblas, los espíritus de los que fueron en el mundo vuelven a él, sino también entre las transparentes burbujas del agua cristalina, en las alas de la brisa o de la ráfaga tempestuosa; en los átomos que voltejean a través del rayo de sol que penetra en nuestra estancia por algún pequeño resquicio, y hasta en el eco de la campana que vibra con armoniosa cadencia conmoviendo el alma: en todo están, y giran a nuestro alrededor de continuo, viviendo con nosotros en la luz que nos alumbra, en el aire que respiramos. ¿Por qué se halla el hombre tan en paz y a gusto en la soledad? Precisamente porque en ella está menos solo que entre los que respiran todavía el aire terrenal que nos da vida prestada, a los que aún tenemos que morir. Pero cuando ningún vivo nos acompaña; cuando en la playa desierta, en el bosque o en otro cualquiera paraje aislado, nos encontramos sin quien nos mire o nos observe, legiones de espíritus amigos y simpáticos al nuestro se nos aproximan hablándonos sin ruido, voz ni palabra, de todo lo que es desconocido a los terrenales ojos, pero agradable y comprensible al alma que siempre suspira por su patria ausente. Es entonces cuando encuentras transparencia celeste en los cristales del humilde arroyo, vida en la flor que asomada por entre las hojas, y erguida y gentil sobre su flexible tallo, parece mirarte sonriendo como una hermana cariñosa; acentos que te conmueven sin que sepas si parten de la verde espesura, de la onda espumosa, de la nube que pasa reflejando con vuelo rápido su sombra en la campiña, o de la naturaleza entera; es entonces, en fin, cuando el poeta se siente inspirado, más dueño de sí el sabio, más grande el filósofo y el anacoreta y el asceta más cerca de Dios.

Calló el joven, y su amigo, que le miraba entre pensativo y burlón, replicó:

—No cabe duda, Luis, que la imaginación (gran inventora de quimeras) se exalta más fácilmente en la soledad, y que cuando nos hallamos apartados de nuestros semejantes, amén de que podemos comprendernos mejor a nosotros mismos, nos es dado además crear con mayor facilidad mundos que no existen, y poblarlos de visiones hijas todas de nuestra fantasía. Estas visiones deben ser las que tú llamas espíritus, que seguramente no vuelven a este mundo desde que han dejado en él su envoltura mortal, caso de que, desde que la materia acaba, prosigamos viviendo en otros espacios.

—¡Qué de vulgaridades se te ocurren —replicó Luis—, para contradecir mis opiniones y desvanecer mis convicciones! De ello no me sorprendo. Si el médico siente alguna alteración en su organismo, algún desarreglado latido en su corazón, puede decir casi con seguridad si es causa de semejantes trastornos un exceso de crasitud en la sangre, o de debilidad en su sistema nervioso, mientras el campesino, por ejemplo, completamente ajeno a la ciencia, achacaría los mismos síntomas a bien diversas causas. Por eso, todo lo que para ti es pura fantasía, es para mí realidad que mi alma concibe y siente. ¿En dónde he aprendido yo, tan ignorante como tú en otros tiempos en tales materias, a comprender lo que ahora veo claro como la luz? Aquí precisamente, en este mismo claustro y en ese bosque que se halla a algunos pasos de nosotros, fui adquiriendo los conocimientos que poseo, y abriendo poco a poco los ojos a las ocultas revelaciones... Veo que te sonríes... mas, si quisieras prestarme atención, la atención seria y llena de recogimiento que ciertas cosas exigen, si te fuese posible tener alguna fe en mis palabras, sabrías lo que a nadie he dicho aún... Verdades que parecen quimeras, hechos reales que se dirían fantásticas creaciones de una mente enferma o extraviada.

—¡Que me place! Sabes que fluctúo con harta frecuencia entre lo real y lo imaginario, que me agrada descorrer los velos de lo oculto, que me complazco como los niños con lo absurdo, lo extraordinario y lo maravilloso. Cuenta, por lo tanto, con la atención y el recogimiento que deseas, y aún con la seguridad de que seré feliz oyendo tus singulares historias a nadie reveladas, tus delirios que...

—Dales el nombre que te parezca, pues lo de menos aquí son las palabras; pero reprime hasta donde puedas los ímpetus de tu innata incredulidad si no quieres que me detenga al primer paso... Hoy tengo nublada el alma, opreso el corazón, el ánimo impaciente, y pudieran producirme mala impresión tus dudas.

—Habla... me hallo con voluntad firme de creer cuanto digas y afirmes. No puedes pedir más... te escucho.

—No esperes que sea demasiado divertido lo que voy a contarte. Sospecho que va a faltarle ilación en el sentido absoluto de esta palabra, que confundiré más de una vez la luz con las sombras, y que de la burda hilaza de lo material pasaré, quizá sin transición, al tejido más fino que pueda fabricar mi pensamiento; resultando de todo ello un no sé qué de inverosímil en el terreno de lo razonable y lo real, que al pronto te hará fluctuar entre la sorpresa y la duda. Pero tú, que tienes talento y sabes sorprender el secreto de lo que se calla por lo que se ha dicho a medias, irás atando aquí un cabo, allá otro, y al fin acabarás por comprenderme, estoy bien seguro de ello.

—Yo lo espero también: para lograrlo pondré todo el esfuerzo de mi entendimiento, tanto más cuanto que no deja de parecerme algo difícil la empresa.

—Mayor será entonces la victoria que alcances... Empiezo, pues... ¿por dónde?, espera... Deseo hablar y sin embargo...

Nuestro héroe pareció quedar ensimismado algunos momentos, en los cuales bañó su rostro cierto reflejo, hijo de dolorosa inspiración; pero después, con una expresión y acento indescriptibles y que tenían tanto de fantástico como de exclusivamente suyo, continuó hablando de esta suerte:

—¿No has visto muchas veces, cuando la tierra se halla exuberante de vida, cómo dos mariposas se persiguen en rápido vuelo por entre las rosas y el follaje? Pues así en este momento sus dos almas en torno mío. Pero no se buscan, semejantes a los alados insectos, amándose o para amarse; sino en lucha callada y misteriosa, cuyo término no puede decidirse al presente, porque el que fue cuerpo y envoltura mortal de la una ha fenecido ya, yendo a formar parte de nuestra madre tierra, mientras la otra vive todavía en este mundo adherida a su carne. Lo que acontecerá cuando el tiempo haya dejado de existir para ella y para mí, así como dejó de ser para la pobre Esmeralda, eso es lo que no me atrevo a profundizar, lo que no querría adivinar siquiera (hoy menos que nunca) por miedo a confundir la luz de mi entendimiento con las tinieblas de lo inconmensurable. Porque ciertas dudas, semejantes al hacha del inexperto leñador en el bosque secular, derriban y talan sin compasión cuanto hay de más hermoso y consolador en las esperanzas póstumas de los hombres. Hay un punto en ese más allá hasta donde el pensamiento humano cree poder llegar, en el cual la osada mente se detiene indecisa, asombrada, llena de temor; porque el hilo misterioso que parece atar lo que es y lo que ha de ser es tan sutil, y tan tenue la luz que nos permite distinguirlo, que en medio del ansia que nos domina imaginamos algunas veces que no es tal hilo salvador de nuestras terrenales tormentas aquél que vemos, sino la línea que separa para siempre lo que ha muerto y lo que está vivo, los afectos que aquí nos poseyeron y los que allá habrán de contribuir a formar nuestra gloria o nuestro purgatorio... Pero... oigo pasos...

llega gente y me alegro. Empezaba a apartarme del camino que debo seguir y esto me llama a mi asunto...

—¡Qué semblantes tan demacrados y huraños! —dijo entonces Pedro, señalando a los que pasaban.

Mirólos Luis a su vez con ojos compasivos, y replicó:

—Son enfermos, unos del cuerpo, otros del alma, que vienen a curarse con exorcismos y oraciones ya que la medicina no puede hacer el milagro de aliviar males que no tienen remedio ni suprimir la inevitable muerte, herencia de los mortales. El fraile exclaustrado que pone sobre esas desgreñadas y lánguidas cabezas la sagrada estola, y lee en latín lo mejor que puede las oraciones y conjuros con que espera arrojar del cuerpo de las víctimas los malignos espíritus que las atormentan, viene a ser como la postrera esperanza de los desahuciados, esperanza que les alienta y anima y les acompaña por el camino de la muerte, haciéndoles soñar con la vida y la salud. ¿Y quién que haya de morir no quiere morir esperando? Cuando yo, arrodillado ante el altar, incliné mi cabeza para que como a aquellas ignorantes y dolientes criaturas me colocaran sobre ella la estola bendita, no puedo explicarte lo que pasó por mí.

—¿Pero tú... tú también, Luis...?

—Sí, yo. Voy a contarte como pasó aquello. Y ve cómo sin quererlo empezaré así mi relato, ya que no por donde debiera, por donde sin duda me agrada más. Pero... vámonos antes al bosque. Me aflige ver a esas pobres gentes con el rostro tan marchito como su alma. Si hablaras con alguno de esos enfermos te conmovería, sin duda, lo raro de sus padecimientos, verdaderamente inexplicables en su mayor parte, y de que en vano quieren verse libres, poniendo en ello todo el empeño del que se siente irremisiblemente perdido. ¿Por qué no hemos de perdonarles que acudan a lo que llamamos remedios supersticiosos (que ellos tienen, sin embargo, por espirituales y santos), cuando los materiales de nada les han servido ni nada les han aliviado? Es natural que busque auxilio en lo alto quien siente faltarle la tierra bajo los pies.

—Te muestras demasiado benigno con semejantes abusos y creencias, que desde hace tiempo debieran haber desaparecido de la tierra para siempre.

Miró Luis a Pedro con cierto aire de severidad, que no pudo reprimir, y repuso:

—Existe algo en el hombre de todas las edades que no se educa ni ciñe por completo a las exigencias de la razón ni de la ciencia, así como suele sobreponerse también a todas las ignorancias y barbaries que han afligido y pueden afligir a la humanidad entera. Y este algo es el exceso de sensibilidad y de sentimiento de que ciertos individuos se hallan dotados, y que busca su válvula de seguridad, sus ideales, su consuelo, no en lo convencional, sino en lo extraordinario, y hasta en lo imposible también. Ve, si no, a una madre de esas que han sido perfectamente educadas, y que puede decirse *instruida*, pero que es madre cariñosa al mismo tiempo; mírala a la cabecera de su hijo moribundo, sin esperanza de poder volverle a la vida. Acércate a ella en tan angustiosos momentos, aconséjala el mayor de los absurdos en el terreno de las supersticiones, asegurándole que si hace lo que se la ordena, su hijo recobrará la salud, y verás cómo cree en ti y se apresura a ejecutar exactamente lo que a sangre fría hubiera condenado y ridiculizado en otra cualquier mujer. Y si por casualidad su hijo volviese a la vida, aquella madre será supersticiosa en tanto exista, pese a su propia razón y a cuanto haya de más material y contrario a esa fe ciega, que así puede devolvernos la perdida tranquilidad como conducirnos por el camino de las mayores aberraciones.

Hablando de esta suerte, los dos amigos se habían ido encaminando hacia el bosque por la puerta interior del claustro, hallándose bien pronto pisando un verdadero mar de hojas secas, que como lluvia dorada, caían de continuo de robles y castaños sobre la cabeza de ambos interlocutores, aumentando así a sus ojos la belleza de aquel paraje, severo como todo lo grande y plácido como todo lo agreste y hermoso.

El sol atravesaba con dulce melancolía a través de las ramas medio desnudas de los gigantes álamos, y de los árboles añosos que en largas filas parecían perderse yo no sé en qué espesuras misteriosas, que la loca fantasía soñaba interminables y eternas. Los pájaros piaban mimosamente y como si cuchicheasen entre sí, mientras tendida el ala enjugaban al sol el húmedo plumaje, y las ranas cantaban sus amores sumergidas en los charcos que las lluvias habían formado en los terrenos hondos, y en los cuales se reflejaban con una limpidez y belleza indescriptibles la luz y las diversas plantas y flores silvestres que por allí se encuentran en todas las estaciones.

Cuando los dos jóvenes se hallaron orillas del río que atraviesa el bosque, ya formando misteriosas cascadas al chocar contra los caídos troncos que el tiempo o el rayo han derribado, ya lagos serenos en donde se diría que las ninfas duermen y sueñan a la sombra de las más poéticas umbrías, se detuvieron silenciosos.

El uno parecía contemplar como cualquier simple mortal, amante de lo bello, la campestre hermosura de cuanto le rodeaba, pero el pálido semblante del otro acababa de tomar una expresión entre mística y dolorosa. Los hermosos ojos de Luis vagaban errantes de la onda a la flor, del árbol a la nube ligera que atravesaba como huida y sola, por el azul diáfano del cielo: dijérase que buscaban algo que no se hallaba al alcance de las miradas o de la comprensión de los demás.

—Luis —se atrevió a decirle Pedro desde que vio que su amigo proseguía ensimismado—, ¿no querrás sin duda dar comienzo a tu relato y hacer las prometidas confidencias...? Lo digo porque te encuentro más dispuesto a meditar que a hablar.

Miróle Luis como si acabase de despertar de un sueño y contestó:

—¡Ah, es verdad!, me hallaba absorto en ideas bien extrañas... y yo no sé qué voz secreta murmuraba a mi oído, ¡ahora, ahora mismo!, palabras misteriosas de esperanza, de alegría y de temor... Sí, también temerosas, Pedro; parece que todos mis sueños, todos mis fantasmas del pasado y del porvenir, y cuantos espíritus aman mi espíritu y las flores y los pájaros, el agua y la luz, reunidos todos y tomando forma y cuerpos diversos cada uno, me decían a un tiempo cosas inteligibles... ¡Qué inmenso es el universo, Pedro... y qué pequeño el hombre en tanto se halla ligado a la carne...! Todo, mientras vive en la tierra, está vedado para él, y por más que estudia y lucha, prosiguen ocultos a sus ojos, en las inmensidades que el pensamiento humano no puede medir, el principio del principio y el fin del fin. Pero allá aparece aquella pequeñuela, bregando la desventurada con las reses que guarda cuando apenas si puede guardarse a sí misma. La miseria es la que en nuestro país, sobre todo, obliga a la niña a hacer la labor de una mujer y a la mujer las labores del hombre... ¡Si hubieses conocido a la pobre *Esmeralda*! ¿No has oído hablar nunca de una muchacha a quien llamaban así por estos alrededores?

—Nunca, y eso que el nombre no es, en verdad, común en el país.

—No era éste su nombre de pila, sino simplemente un apodo; pero nadie la conocía jamás sino por *Esmeralda*... ¿Cómo habías tú, sin embargo, de recordarla aun cuando la hubieses visto? La flor que brota entre la maleza pocas veces logra atraer las miradas de los que gustan de aquellas otras nacidas en los bien cultivados jardines. Yo mismo hubiera pasado al lado de aquella interesante criatura sin fijarme en sus encantos, si mi desventura no me hubiese aproximado a ella. El día que entré en el bosque, después de haber sido exorcizado por el fraile, que en este convento se ocupaba entonces (como otro lo hace ahora) en obra tan caritativa, le hablé por primera vez en una triste mañana de invierno frío y desapacible.

—Pero... antes de todo... dime, porque me aguijonea la impaciencia de saberlo, ¿cómo pudiste prestarte a tan ridículas pruebas...?

—Ridículas... sea; ya irás comprendiendo poco a poco. Berenice... Berenice es una mujer a quien he amado, a quien amo, a quien amaré mientras exista algo mío, una sola partícula, un solo átomo de mi ser en este mundo o en otro cualquiera.

—Berenice... ¿Berenice has dicho? ¡Dios poderoso! ¡Permíteme que te interrumpa! ¡Berenice...! Algo he oído de eso que no puedo recordar bien pero que ha dejado en mi ánimo una impresión harto desagradable... Sí, juraría que no me engaño. Berenice era una joven que se contaba entre las de alta alcurnia, por más que muchos pusiesen en duda la limpieza de su sangre azul, y que se juzgaba elegante por la sola razón de que vestía con inusitado lujo; que quería se la tuviera por inteligente y sensata, siendo simplemente fría y altiva; que pretendía, en fin, pasar por la más interesante y hermosa de las mujeres, y apenas si podía incluírsela en el número de las bonitas.

—Estás blasfemando, Pedro —le interrumpió Luis con melancólica sonrisa.

—¿Es decir, que he acertado? —prosiguió Pedro con ironía—. ¿Qué es de aquella criatura insípida, henchida de sí misma y vacía de sentimientos y casi de ideas de quien hablas, Luis? ¿Es ella, pues, la mujer a quien dices que amas y amarás mientras vivas? ¡Horrible, muy horrible si fuese verdad!

—¡Oh, Berenice, Berenice de mi alma! ¡Qué saben ellos, profanos, lo que tú eres y vales! ¡Cuánto hay en ti de belleza única, divina... incomprensible!

Así exclamó Luis sin demostrar enojo hacia su amigo, pero con una ternura y fervor tan profundos, con tan verdadera unción y beatífico recogimiento, que Pedro, no menos asombrado que suspenso, enmudeció lleno de respeto.

Después de algunos momentos de silencio, Luis prosiguió diciendo:

—Yo había galanteado a varias mujeres, y aun sospechaba si en otro tiempo no había amado a alguna, pero era engaño. Sólo desde que la vi, empecé a estar triste y a conocer la fuerza de esa pasión llamada amor (que es, como si dijéramos, el principio, el germen de la vida), cuando este amor es verdadero y arraiga en el corazón alimentado por la irresistible simpatía y los fluidos misteriosos de un cuerpo que nos atrae; por las puras y ardientes aspiraciones del alma que anhela unirse a otra alma que la llama hacia sí con incontrarrestable fuerza; por los instintos naturales de la carne, y todo aquello que da a la vez gusto a los enamorados ojos, aliento al espíritu, y alas al pensamiento para remontarse al infinito, origen y fuente de ese sentimiento inmortal que nos domina. No siempre, sin embargo, o más bien dicho, muy pocas veces encuentra el hombre el ideal por que vive suspirando desde el momento en que empieza a entrever los divinos contornos del alado niño, tras del cual está destinado a correr sin descanso, mientras un átomo de juventud anime su cuerpo, ya acaso decrépito. La mayor parte de las veces, el amor toma en nuestra naturaleza el carácter de enfermedad crónica, que se revela de diversas maneras y que sufre diferentes transformaciones a medida que los años avanzan, sin que logremos calmar las inquietudes y la sed eterna de goces inmortales que en nosotros produce. Es entonces cuando malgastamos nuestras riquezas de juventud y vida, de fe, de ilusiones y de esperanzas con cada mujer que nos sale al paso, y a la cual adornamos con gracias que sólo existen en nuestra fantasía, para huir desengañados en busca de otras y otras que hemos de abandonar bien presto de la misma manera, ya doloridos y llenos de desaliento, aunque contumaces siempre en el mismo pecado, ya cada vez menos sensibles a lo ideal y más encenagados en lo impuro. ¿Pero, acaso, Pedro, tenemos la culpa de tales cosas? Vamos en busca de lo nuevo porque no nos ha satisfecho ni llenado lo que hemos ido dejando atrás; porque hay una fuerza interior que nos impele a ir más lejos, siempre más lejos, en busca de aquello a que aspiramos, de nuestra otra mitad, del complemento de nuestro ser. Muchos no aciertan con él jamás, y ruedan así despeñados de escollo en escollo hasta el fin de sus días; pero, en cambio, los que como yo le han hallado, detiénense fatalmente en un punto sin que ya les sea dado avanzar un solo paso. ¿Ni para qué necesitarían ir más allá? Tal me ha sucedido a mí con Berenice, quien desde el momento en que la vi, fijó irrevocablemente mi destino.

»Bien ajeno de lo que iba a pasarme, fui a vivir frente por frente de su casa, cubierta por aquel entonces de enredaderas y emparrados como la gruta de una ninfa. Aquellas enredaderas eran como un símbolo que no entendí al pronto; pero no tardé en darme cuenta de lo que por mí pasaba, pues a los dos meses de haberla visto llegar y tomar posesión de aquel encantado nido, pude convencerme de que era para siempre suyo en el tiempo y en la inmensidad.

»En todo mi ser, en mis ideas y costumbres, operóse un cambio completo; fui otro hombre, y las gentes empezaron a mirarme de una manera extraña y llena de curiosidad cuando pasaban a mi lado. Debían trasver en mi semblante algo como un resplandor misterioso, producido por la divina llama que ardía oculta en mi seno santificándolo. Comprendí, sin embargo, que jamás sería capaz de decir a mi ídolo *te amo*. Esta palabra, después de todo, significaba bien poca cosa para lo que yo hubiera querido expresar y sentía dentro de mí.

»¡*Te amo!* Esto se lo había yo repetido infinitas veces a otras mujeres, y casi me parecía una profanación tener que usar con aquella criatura semidivina el mismo común lenguaje que con las que eran únicamente vulgares hijas de Eva. Tampoco me preguntaba a mí mismo (no podía atreverme a tanto) cómo iba a vivir así, con mi inmortal pasión, sin morir y anonadarme. Para mí había dejado de correr el tiempo, sólo existía Berenice, es decir, el universo, la eternidad, el todo concentrado en ella. Porque yo no sé cómo confundía y confundo aún su imagen y su espíritu con lo que fue, es y ha de ser, con lo que pienso, siento y veo; ella está en mí y en cuanto me rodea.

»Por mucho tiempo ignoré cómo la llamaban las gentes (no quería hablar de mi otra mitad a alma nacida, ni darle yo un nombre); era *ella* y me bastaba... Pero... ¿se había fijado en mí? ¿Habría adivinado...? No puedo explicarte ahora la especie de supersticioso temor que me embargaba el ánimo al suponer si llegaría a notar cómo mis ojos se fijaban en ella y acechaban de continuo el momento en que podrían verla, con una ansiedad y pertinacia incansable. Yo estaba casi seguro, sin embargo, de que ella nada veía ni sabía de mí, y temía instintivamente a sus miradas, como se teme al rayo y a todo aquello que es más poderoso que nosotros. La adoraba de hinojos y en silencio, la amaba a escondidas y vivía de ella sin pensar en pedirla cosa alguna. ¿Pedirla...? ¿Qué? Si era mía, si me pertenecía para siempre. ¡Pedir!

»Una mañana al dirigir como de costumbre mis miradas hacia su casa, vi puertas y ventanas herméticamente cerradas. El sol se oscureció de repente ante mis ojos, por más que brillase entonces con todo su esplendor; hasta que pasados los primeros momentos de sorpresa, desconcertado y aturdido, bajé precipitadamente a la calle para convencerme de que no me había engañado. Rondé en torno del desierto nido y hasta me atreví sin disimulo alguno (no era capaz de tenerle entonces) a empujar la cerrada puerta y poner mi oído sobre el hueco agujero de la llave, pero en el interior de aquella morada reinaba un silencio sepulcral.

»—¿A dónde se han ido? —pregunté con trémulo acento, dirigiéndome en son de reto al carpintero que vivía en la tienda de enfrente.

»—¿Quiénes? —me contestó con aire un tanto estúpido mientras me miraba de una manera particular.

»Con mi mano y mis ojos señalé hacia la casa porque la voz se me había anudado en la garganta.

»—¡Ah! —exclamó entonces el buen hombre bostezando—. El padre va a Madrid, y la madre y la hija al convento de Conxo a pasar una quincena. En el pueblo hace ahora demasiado calor y no se divierte la gente. Todo el mundo huye menos el que no puede, como por ejemplo le sucede a este pobre que está usted viendo.

»El sol brilló de nuevo radiante para mí al oír aquellas palabras, y el corazón que sentía oprimido momentos antes tornó a latir alegremente dentro de mi pecho. Casi sin darme cuenta de lo que hacía, volví bruscamente la espalda al carpintero y a paso largo me encaminé hacia este lugar, como un condenado después de desprenderse de las garras de Satanás se encaminaría hacia el cielo. ¡Ah!, confieso que aquel pequeño incidente me hizo volver en mí y pensar que ella y yo no existíamos todavía unidos en lo eterno, sino que estábamos aún sujetos a las mudanzas y vaivenes humanos. Y que así como impensadamente acababan de llevármela a sitio tan cercano, pudiera muy bien haber sido allá lejos, muy lejos, y perderse para mí en cualquier paraje ignorado. ¡Cuánto me horrorizó esta idea!

»El tiempo estaba magnífico, era a principios de agosto, y bajo estos árboles cubiertos de espeso follaje gozábase en las horas del calor de un reposo y frescura reparadores. Pocos osan para venir a errar bajo estas umbrías, arrostrar antes de que llegue la tarde, el sol que cae a plomo sobre los campos y el camino que aquí conduce, y yo era, por lo tanto, el único dueño de esta hermosa soledad, en la cual su espíritu, cuando no ella, vinieron desde entonces a visitarme de continuo... Tres eternos días pasé sin que lograse verla, y sin poder decidirme a abandonar sino por muy breves momentos los alrededores del monasterio. A través de los árboles miraba sin cesar hacia las habitaciones, que bajo la mal segura techumbre se hallan todavía habitables, y a cada paso creía, latiéndome de placer el corazón, que iba a verla aparecer dentro del oscuro marco de alguna de esas viejas ventanas. Mas cuando al morir de cada tarde hallaba de nuevo frustrada mi esperanza, sentía una mortal congoja que en vano pretendería explicarte con mi fría palabra, y que me impedía abandonar estos lugares en los cuales se hallaba la parte más integrante de mi ser. Aquí pasé una tras otra noche errando por entre la espesura del bosque a la luz de la luna que, como dice el gran orador, me miraba desde la transparente altura, *pálida como la muerte y triste como el amor* ¡Oh...!, ¡si supieras qué inexplicables secretos he sorprendido en el fondo de estas misteriosas frondosidades...!, ¡qué cosas me han sido reveladas! No era el rumor de la brisa tal simple rumor que halaga únicamente el oído y agita con suavidad el ramaje, ni el árbol y la flor plantas que germinan, crecen y se secan para no retoñar jamás desde que han muerto, ni el agua corría fatalmente en su cauce ajena al encanto que presta a las riberas que baña, ni el peñasco que permanece inmóvil, o el guijarro que rueda impelido por ajena fuerza, eran cosas insensibles como las suponemos los hombres. Tras lentas evoluciones (en el fondo de mi alma ella era la intérprete de revelaciones semejantes), yo iba encontrando, en cuanto veía en torno mía, vida y fuerza propias, relacionadas con todo lo que siente y es inmortal. No; nada muere en el universo, nada de lo que Dios ha criado puede perecer, nada hay insensible sobre el haz de la tierra... ¡Todo vive, todo siente... el agua, la piedra, el viento... las constelaciones!

Calló Luis, mientras su amigo, que le contemplaba asombrado de la prodigiosa manera con que aquél fantaseaba y del acento de verdad con que revestía sus palabras pronunciadas con apostólico ardor, que no podía menos de conmover el alma del que le oía, llegó a imaginarse a pesar suyo que cuanto le rodeaba tenía, en efecto, sentimiento y vida; creyó oír hablar a las plantas, sonreír a las flores, y dijo para sí:

—Sin duda es contagioso el mal de Luis... por la manera al parecer cuerda con que afirma ser realidad y no sueño y quimera sus extraños desvaríos.

Esta breve reflexión se hizo mientras Luis, después de algunos momentos de silencio, emprendió de nuevo su difusa y singular relación diciendo:

—Estoy divagando, lo conozco, y voy si puedo a concretarme a los hechos. Es lo cierto que la última de las tres noches que aquí pasé (anterior a la aurora más bella de mi vida), de tal suerte se comunicaron conmigo los espíritus de esta selva y me mostraron por medio de la luz de la luna, del perfume de la flor, del agua y de los rumores de los vientecillos, cuanto hay de grande y de eterno en el seno amoroso de la naturaleza que, cuando rayó el alba, semejante a aquel ermitaño que estuvo por espacio de siglos oyendo no sé qué cántico del cielo, yo me hallaba estático y absorto al pie de esas grandes losas que sirven de puente entre una y otra orilla del río, contemplando la sonrosada luz del alba, el agua que corría, y viendo por vez primera, a través de las cristalinas linfas, cosas sorprendentes e inexplicables en el humano lenguaje. Allá en el fondo sin fondo del diáfano espejo, al par que los altísimos robles y el espeso follaje que borda ambas riberas, reflejábanse asimismo los abismos celestes, incitándome a sepultarme en ellos por medio de tan halagadoras promesas y de atracción tan apacible y dulce que causaban vértigos. Ella, en tanto, me sonreía allá abajo, muy abajo, incorpórea, pero identificada con cuanto la rodeaba y formando parte de aquel ambiente y de aquel abismo que me atraía a su seno con melodiosos y secretos acentos... Contemplar la celeste bóveda extendiéndose sin límites sobre nuestras cabezas es grande, sin duda, y eleva el espíritu a regiones altísimas; pero verla a nuestros pies reflejándose en el húmedo espejo del agua transparente es una verdadera tentación para los que desean abandonar la tierra o ir en busca de algo que aquí no pueden hallar. ¡Oh, si uno pudiera caer tan hondo como parece mentirnos el agua traidora...! ¡Pero no hay tal mentira... se cae más hondo... más hondo todavía...! Dejemos esto, sin embargo.

»Hallábame yo así absorto, cuando el vuelo de un pájaro que pasó rozando sus alas con mi frente, inclinada hacia el río, me hizo levantar la cabeza estremecido por no sé qué extraña emoción. Era una lindísima urraca, la que con su ala tocara mis cabellos, yendo a beber después en la corriente pura, a algunos pasos más adelante. Por sus graciosos movimientos y por el brillo de su plumaje logró desde luego despertar mi atención, y la seguí con la mirada desde que, apagada su sed, fue a posarse en la rama de un vetusto roble. Entonces, sin cesar de mover con gracia y coquetería su pequeña cabeza, empezó a decir con pronunciación tan clara que parecía cosa de milagro o hechicería:

»—¡Berenice...! ¡Berenice...!

»Yo la escuché, sorprendido primero y con raro placer después. ¡Aquel extraño nombre sonaba tan armonioso en mi oído! «¡Berenice!, ¡Berenice!», repetía yo con el ave en tono fervoroso como el que pronuncia una oración. Y fui siguiendo maquinalmente a la parlera urraca, que, tras de caprichosos vuelos, concluyó por posarse en una de las ventanas bajas del convento, repitiendo más clara y distintamente que nunca:

»—¡Berenice! ¡Berenice!

»—¿Qué me quieres, zalamera? Aquí estoy. ¿Ya tornas de tu visita matinal al monte y al río? ¡Quién tuviera alas como tú!

»Era *ella*, *ella*, la que a los gritos de la urraca acababa de aparecer en la ventana.

»Aquí mis pensamientos se confunden, y se turba mi memoria... Te diré, sin embargo, que como en aquel momento no tenía sitio alguno en donde refugiarme para no ser visto, ella me vio, y me miró... me miró de la manera que ella sola sabe hacerlo, obligándome a que, como deslumbrado, cerrase maquinalmente los ojos. Pero bien pronto, aguijoneado por irresistible impulso, como el ciego que, tornando a ver, busca anhelante la luz que ha herido de nuevo su pupila, volví a abrirlos y la miré a mi vez. Yo ignoro lo que pude decirla con aquella mirada, y lo que con las suyas me dijo ella: ¡himno intraducible al humano lenguaje! Sólo sé que desde aquel momento, en el cual mi verdadera vida empieza, hemos quedado unidos para siempre.

»Cuatro meses tardaron en abandonar el convento. La salud de Berenice reclamaba su permanencia en donde pudiese respirar frescos ambientes y campestres aromas, y yo fabriqué asimismo mi nido, como quien dice, entre los árboles de esta selva para no apartarme nunca de mi amada. ¿Tú sabes lo que es amarse como nosotros nos amábamos viviendo aquí? Pero... ¿cómo has de saber tú eso? Fueron semejantes días, siglos de placer para nosotros; pero no de placer de este mundo. Las estrellas tomaban parte en nuestros íntimos regocijos, y la luna nos acariciaba con sus rayos, siempre discretos, contándonos misteriosamente la divina historia de aquellos bienaventurados que al reflejo de su luz pudorosa gozaron anticipadamente en la tierra las inmortales delicias.

»Las flores y las plantas nos conocían y hablaban con místico recogimiento cuando nos acercábamos a ellas; los pájaros se alegraban al vernos y la aurora parecía retardar algunas veces su salida para que no nos separásemos tan presto. En el mismo templo... ¡con qué recogimiento, mientras resonaban los sagrados cánticos, buscaba yo a Dios en alas de mi terreno amor, y cómo de esta manera me sentía más capaz de adorar al que todo lo ha creado! Allí fue en donde oí las solemnes promesas enviadas desde el cielo hasta mi corazón; las promesas eternas... ¿Qué importan, pues, los pasajeros vaivenes del mundo? Primero, ¡es verdad!, el agudo dolor que enloquece y asesina; después, el tormento sordo, constante, la fiebre lenta que consume; más tarde, la melancolía que nos acompaña hasta la muerte, y al cabo... al cabo el bien en toda su plenitud.

»En una noche desabrida y oscura, a principios de noviembre, cuando como ahora el bosque se hallaba cubierto de hoja, en la cual se enterraba el pie con ruido misterioso, fuimos, buscándonos en la sombra, a decir por el momento ¡adiós! a nuestras citas en este paraje encantando y mil veces bendecido por ambos. Todo cambio es molesto por leve que sea, cuando nos hallamos contentos con lo que poseemos, sobre todo si ese cambio ha de robarnos aun cuando sea una pequeña parte de nuestro bien. Por eso, por más que teníamos por imposible que en adelante dejásemos de vernos, pues no habría humano obstáculo que pudiese impedírnoslo, por más que nos cabía la seguridad de que ella había de estar siempre conmigo y yo con ella, ambos nos hallábamos tristes aquella noche porque ya no nos sería dado bajar cada día al bosque bendecido y contemplarnos allí en no interrumpidos éxtasis, alumbrados ya por el sol, ya por la luna, y teniendo por únicos testigos de nuestros interminables coloquios todo lo que hay de más bello en la naturaleza: árboles, flores y pájaros; astros amigos que nos miraban cariñosos desde la altura, y dulces murmurios, silencio y misterio por doquier.

»Con las manos estrechamente enlazadas, mientras nuestras miradas se buscaban por instinto entre las tinieblas que nos envolvían, hubo un momento, aquél en que íbamos a separarnos, en que, no hallando palabras con que expresar el disgusto que de ambos se había apoderado, permanecimos silenciosos. Oímos entonces caer la lluvia con rara y triste armonía sobre las muertas hojas, y leves estallidos, que pudieran decirse dolorosos, producidos por los ya secos tallos de las plantas y flores marchitas que el viento iba tronchando en su vertiginosa carrera, llegaban por intervalos a nuestro oído, mientras el río, engrosado por las lluvias, rugía sordamente arrastrando en medio de las tinieblas ¡quién sabe qué ignoradas víctimas! Todo era oscuridad arriba y abajo. Sólo una estrella, brillando de cuando en cuando a través de las nubes, venía a reflejarse en los profundos charcos, apareciendo en el fondo, inmóvil y misteriosa, semejante a esas ideas fijas que moran escondidas y enclavadas en las almas a las cuales atormentan, sin que nadie más que la propia conciencia se aperciba de que allí existen.

»Era aquélla la única luz, la sola claridad que se veía en toda la extensión tenebrosa de estas alamedas, que la noche llenaba de misterio, así como infundía en mi ánimo supersticiosos temores... ¡Dentro del pavoroso y negro marco que cerraba el líquido espejo, reflejaba aquella estrella, por cierto de una manera bien fatídica, su velado fulgor! Un perro empezó a aullar a lo lejos, percibí el aleteo frío y repulsivo del murciélago que giraba silenciosamente en torno a nuestras cabezas empapadas por la lluvia, y sobrecogióme un inexplicable temor. Seres ocultos hacían sonar calladamente en mi oído melancólicos ecos, inteligibles profecías...

»—Recógete, amada mía —la dije, temiendo por ella, no sé a quién ni por qué—, la noche está cruda y tan triste como nosotros; lloran las nubes y las plantas tiemblan ateridas temiendo a la muerte que ronda en torno de ellas. Tú misma estás tiritando, bien mío... separémonos, pues ya que al fin ha de ser...

»¡Y al fin nos separamos! Pero no sin que antes nos hubiésemos prometido que en tanto nuestros cuerpos tuviesen que sufrir los tormentos de la ausencia, no estarían ni un solo momento desunidas nuestras almas, sino que se buscarían y se darían amorosas citas, ya en este bosque, ya en algún otro paraje oculto que nos fuese querido: y así nuestra dicha no tendría tregua ni fin, pese a las contrariedades de esta mísera y perdurable vida. Así sucedió, en efecto, y falta hizo en verdad que su espíritu y el mío tuviesen el don de atraerse el uno hacia el otro, y de juntarse a través de la distancia, porque los días pasaron y pasaron sin que hubiésemos tenido ocasión de volver a hablarnos ni una sola vez. Veíamonos a horas dadas y desde lejos, y escribíamos diariamente una o dos cartas interminables en las cuales nos dábamos minuciosa cuenta de nuestros actos, de nuestros pensamientos y de los deseos y ansias que nos acosaban, de cuanto, en fin, constituía la única dicha que nos ayudaba a soportar la vida en tan intolerable separación. Estas cartas llegaban invariablemente a nuestras manos tarde y mañana, gracias a los prodigios de habilidad que yo llevaba a cabo con ayuda de Berenice, y que la propia necesidad de ponerlos en práctica me sugería. Mas a pesar de todo esto, como el ético debe de sentir la calentura que lentamente le consume, sentía yo cada vez con mayor intensidad la nostalgia del pasado, la nostalgia de aquellos días y noches en los que oía su voz, aspiraba su aliento y estrechaba sus pequeñas manos entre las mías.

»Necesitaba volver a tenerla a mi lado, a escuchar sus dulcísimas frases intraducibles como no fuese para mi alma y mi corazón, siempre con hambre y sed de ella, a percibir, en fin, su perfume fresco y casi imperceptible, pero que me producía divinas embriagueces y adormecimientos celestiales. Y entre estas ansias y deseos que iban creciendo, creciendo, a medida que tocaba la imposibilidad de verlos realizados, consumíame y secábame como se secan algunas fuentes con los calores del estío, y sólo en este bosque me era dado calmar algún tanto mis tenaces ansiedades. Sentado en algún paraje oculto donde entre las violetas y bajo el follaje tantas veces habíamos sido dichosos viendo correr el agua a nuestros pies y oyendo cómo cantaba el jilguero y silbaban los mirlos, me reconcentraba en mí mismo, y llamando en mi ayuda todo el poder de mi inmenso amor, todas las fuerzas que en mí se encierran, evocaba su sombra y ella venía, velada primero como aurora de abril que la neblina envuelve, después, tal como Dios la ha hecho con sus contornos de estatua griega, admirablemente delineados, su graciosa cabeza, portento de hermosura, y su todo perfecto y sin tacha. Entonces, como si aquella adorada sombra fuese ella misma, sonreíame y me acariciaba, permitiéndome sin dulces resistencias que la estrechase castamente contra mi corazón, y así abrazados conversábamos sin cansarnos sobre los misterios de los eternos amores, misterios que nos eran revelados por los espíritus amigos, los cuales, sin que les viésemos, revoloteaban en torno nuestro. Al día siguiente, contábale cuanto me había pasado y le escribía diciéndole:

«Te llamé ayer y viniste, bien único de mi vida, y transportados en espíritu a las azuladas y venturosas regiones en donde dos almas se funden en una sola, no hemos sentido siquiera pasar las horas rápidas. ¡Oh! ¡Mi niña querida! ¿Quién como nosotros puede desafiar cuanto hay de mudable y perecedero en las pasiones y cosas humanas? ¡Qué dichosos hemos sido, a pesar de la distancia que nos separa! ¿Te acuerdas? Y eres tan buena, única gloria y porvenir mío, que todavía no me has abandonado, pues te escribo sintiendo tu divina cabeza al lado de la mía, y tus perfumados rizos resbalando sobre mi rostro. ¿No es verdad que tú conservas también en tu frente, en tus ojos y en tus manos, el calor que han dejado en ellos mis labios? ¡Oh! ¡Berenice... Berenice adorada! ¡Qué consolador es todo esto...! ¡Pero cómo aumentan al mismo tiempo, de una manera que espanta, mis ansias insaciables de ti! Ángel mío... ¡cuándo real y verdaderamente podré beber en tus labios la vida que lejos de ti parece empieza a querer faltarme!».

»Y ella me contestaba: yo sé de memoria todas sus cartas:

«¡Que si me acuerdo me preguntas...! ¿No sabes que no puedo menos de acordarme? Al oír que me llamabas, mi espíritu, que andaba también buscándote lleno de tristeza, corrió a esconderse en tu regazo como un niño asustado en los brazos de su madre. Hallábaste en aquel hondo paraje donde crecen tantos lirios y violetas y corre el agua en silencio, como si fatigado el río de caminar sin descanso quisiese al fin dormirse al abrigo del monte, arrullado por el rumor de los pinos. ¡Qué cosas tan hermosas me has dicho! Yo, pobre de mí necesitaba oírlas para no desfallecer de impaciencia y melancolía, porque al ver que pasan los días sin que podamos hablarnos, se apodera de mi ánimo el más negro desaliento... Sí... aún percibo el calor de tus labios... y me entristezco... ¿Por qué fueron tan breves aquellos días? Henos ahora sufriendo, yo no sé hasta cuándo, el suplicio de Tántalo, suplicio que va siendo superior a mis fuerzas. ¿Por qué ocultártelo? Tampoco me basta verte desde lejos y soñar que estoy a tu lado... No, no basta esto, Luis mío, a satisfacer las ansias que siente mi alma por la tuya».

»Enloquecido de felicidad y de amor, cogía yo las cartas en que estas y otras cosas me decía, y después de devorarlas a besos las colocaba sobre mi corazón hasta que al día siguiente podía sustituirlas con otras que me traían más fresco el perfume de sus manos. Sí, Pedro; mi amor por Berenice fue embargando hasta tal punto todas mis facultades que yo no veía ni comprendía más que a ella, y si de cuando en cuando me acordaba de Dios era sólo por ella, y si hacía algún bien a mis semejantes era asimismo por ella, y si algún mal (hubiera sido hasta asesino) por ella únicamente también lo hacía. Era esto demasiado, sin duda, para inspirado por una hija de Eva y sentido por una flaca criatura deleznable y mortal que, pese a sus aspiraciones, no puede asegurar jamás lo que será de ella mañana, ni menos dirigir sus miradas al porvenir que densas tinieblas velan siempre a nuestros ojos. Muchas veces, deteniéndome un momento en medio del vértigo que me poseía, me preguntaba a mí mismo con cierto espanto: —¿Qué haré desde el momento en que sea mía? ¡Mía...!

»No; a mí no podía bastarme como a cualquier otro hombre poseer en absoluto, en este mundo, el cuerpo y el alma de Berenice; mis ambiciones eran infinitamente más grandes, rayaban quizás en lo impío... Yo quería... yo quiero aún y deseo con mortales ansias... ¡Imposible es que me comprendas, imposible!

Acaso fatigado, acaso para concentrar mejor sus pensamientos y recuerdos, Luis guardó silencio, mientras su amigo, mirándole de soslayo con una mezcla de asombro y de mal reprimida compasión, se entregaba a diversas reflexiones. Doliéndose sin duda del triste estado a que aquél había llegado, víctima de su insensata pasión por Berenice, a quien él veía y juzgaba de bien distinta manera que el enamorado joven:

—Verdad es —decía para sí— que a esta clase de víctimas les queda siempre el consuelo de ignorar, como los beodos, el mísero estado a que se encuentran reducidos, mientras la amorosa embriaguez perturba su razón. No son por eso menos ridículos los que el alado niño enloquece que los adoradores de Baco. ¡Qué cosas maravillosas no cuenta este desventurado de una criatura seca de corazón, como quien ha nacido sin él, pagada de su hermosura y del lujo que la rodea, y coqueta como las que sólo entienden de sacrificar en aras de su vanidad (insaciable como los ídolos en cuyas profundas bocas iban los fieles a depositar sus ofrendas) una tras otra víctima! Es imposible que semejante mujer haya podido comprender nunca el amor de Luis, cuánto más sentirlo igual. ¿Por qué, pues, le ha correspondido y aun escrito de una manera que en cualquiera otra tiene en verdad más de inconveniente que de sensato? ¿Es ella capaz de pensar por sí sola lo que decía en sus cartas? Lo que me parece es que las ha como calcado en aquéllas en que el pobre enamorado la hablaba apasionadamente de cosas que (Dios me perdone si...) supongo la habrán hecho reír mejor que inspirarla sentimientos ajenos a las naturalezas vulgares como la suya. Divirtióla, sin duda, representar por algún tiempo una tragicomedia, de la cual era principal protagonista, y he ahí la razón de todo ello. ¡Por mi fe que debió ser así! Pero en tanto, Luis, ese hombre de clarísimo entendimiento y de corazón sano, se duele de la incurable picadura del áspid anidado en sus nobles entrañas. ¿Tuvo ella, sin embargo, la culpa de ser así amada? ¿La tuvo él acaso de amarla de tal suerte? Aquí empieza para mí lo inexplicable y lo fatal. Cuando quiero profundizar ciertos misterios, mi razón vacila y retrocedo espantado.

En tanto Pedro se daba a tales reflexiones, Luis, inmóvil y pensativo, parecía buscar con extraviados ojos algo que huía en el vacío ante sus inquietas miradas. Más pálido que nunca, dejaba adivinar por lo desencajado de su semblante los sufrimientos que en aquel momento le martirizaban, mientras la angustia que le oprimía el corazón se exhalaba de cuando en cuando en hondos suspiros.

—Voy a continuar mi relato —exclamó por fin pasando una mano por la frente y como haciendo un esfuerzo sobre sí mismo—. Hoy, ¡no sé por qué!, deseo hablar de cosas que no he hablado jamás... pero cuando va a revolverse el légamo que, semejante al de ciertas insalubres lagunas, reposa podrido en el fondo del corazón, fuerza es que nos preparemos para no exponerse uno a asfixiarse; por eso me detuve algunos momentos. Y no es que no tenga ya bien digerida mi ración de dolor e interceptados cuantos respiraderos pudieran dar salida a los fétidos miasmas acumulados desde hace tiempo en lo más profundo de mi herida... pero, aun presa, la fiera ruge y enseña a través de la doble reja que la guarda los puntiagudos colmillos. Confieso que me encuentro sobreexcitado, y al ir a tocar en lo que hay de más duro y amargo en esta historia, vacilé a mi pesar... Pon, sin embargo, oído atento; voy a proseguir resueltamente, y no volveré a detenerme.

»El padre de Berenice acababa de regresar, y hacía seis eternos días que no me fuera posible verla ni darla o recibir de ella carta alguna.

»—¿Estará enferma? —me preguntaba lleno de inquietud, pues no podía creer que la llegada de aquel hombre, por más que éste tuviese fama de severo, la hubiese quitado todos los medios de dejarse ver y de comunicarse conmigo, siquiera fuese con sólo sus miradas.

»Bien pronto, cuando menos lo esperaba, al doblar una tarde la esquina de no sé qué calle, salí en parte de mis incertidumbres viéndola aparecer delante de mí acompañada de él y de un extranjero de más de treinta años, rojo como una brasa y de aire indiferente y desdeñoso como el de un salvaje. Metido en un holgado y larguísimo gabán, bajo el cual se delineaban con grosera aspereza sus anchas caderas, encajado el sombrero en línea perpendicular sobre la insípida cabeza sajona, y andando con un aplomo de rey godo que hacía reír, iba al lado de Berenice proyectando sobre ella su enorme sombra y privándola del calor del sol que aquel día brillaba esplendoroso.

»No pude menos de sentir frío y disgusto por mi ángel, al verla en próximo contacto con tan enorme y antipático ser, y estuve tentado a coger a aquel hombre por cualquiera de sus ángulos agudos y arrojarle violentamente contra la pared más próxima, lo cual me hubiera divertido en extremo. Hube de contenerme, sin embargo, comprendiendo la inconveniencia, en aquellos momentos por lo menos, de mis aviesos instintos, y me resigné a dejarles pasar sin hacer la más leve demostración de enojo, pero no sin que buscase con mis ojos los de Berenice enviándole en una mirada toda mi alma. Mas ella, como si no hubiese notado mi presencia, volvió hacia otro lado la cabeza con la indiferencia de una reina que no acierta a fijarse en las míseras muchedumbres que bullen a sus pies.

»¿Será posible? —me pregunté, temblando de asombro y de inquietud—. Aunque estuviese tan ciega que no me hubiese visto, ¿cómo su alma no había de decirle que yo me hallaba allí? Acaso temió a su padre, pensé, y esta idea me impidió, como era mi deseo, ir siguiéndoles; corrí por el contrario a esconderme en mi habitación, llena el alma de inquietos presentimientos.

»A partir de aquel momento, empezó dentro de mí (yendo siempre en grado ascendente) una horrible batalla entre lo real y lo absurdo, entre la verdad que hiere desengañando y la mentira que matando halaga. Yo veía y no podía creer en lo que veía; venían a hablarme, y me negaba a oír la verdad, se me atormentaba, y me obstinaba en pensar que no eran ni mi alma ni mi cuerpo los lastimados. ¿Cómo... cómo podía darte una idea aproximada de las internas tempestades que dentro de mi corazón y de mi pobre cerebro se desencadenaron y sucedieron sin descanso? ¡Imposible! No puede medirse ni calcularse la inmensidad de ciertos abismos. Todavía transcurrieron así algunos días en el mismo silencio y alejamiento por parte de Berenice, en la más horrible de las inquietudes por la mía. Hasta fui a pasearme sin rebozo alguno, y desafiando las paternales iras, bajo sus ventanas; pero en vano, porque Berenice no se asomaba a ellas jamás.

»—¡Dios mío...! —me preguntaba entonces apretando con mis trémulas manos las sienes, que parecían querer estallar a impulsos del dolor—. ¿Qué le está pasando a mi niña, a mi ángel custodio, a mi santa querida?

»Y me daba a forjar los más descabellados proyectos, a fin de poder hallar el camino de la verdad, en medio de la densa noche que me cercaba; mientras mi corazón iba llenándose de ponzoña y mi razón, torturada de una tan cruel manera, se exaltaba y divagaba con el extravío propio de la locura. Porque tú no sabes de qué modo tan atormentador, unido a la adusta figura del padre de Berenice, se presentaba a mi memoria la imagen del enorme extranjero, con su aspecto avieso y repugnante, como el de una bestia feroz, a la cual hubiera deseado dar caza con mi revólver. Por fin un día —¡era martes!— hallábame sentado en el pretil de la carretera, desde cuyo punto podía divisar a lo lejos sus ventanas, cuando sin que yo le hubiese visto aproximarse (porque yo nada veía de lo que no se relacionase con ella), un muchacho, tocándome en el hombro, me entregó una carta, desapareciendo en seguida. Mi vista se nubló de repente y cesó de latirme el corazón... Era suya la letra del sobre. ¿Por qué no rompí éste en seguida, cuando la incertidumbre que me devoraba estaba a punto de trastornar mi razón? Lo ignoro... he dicho mal; lo sé. Hay quienes al ir a ser sorprendidos por la muerte, hallándose llenos de juventud y de vida, siéntense súbitamente sobrecogidos por secreto terror y se entristecen sin causa conocida. ¿Qué es lo que tengo? ¿Qué va a pasarme?, se preguntan palpándose y mirando en redor sin ver cosa alguna. Y es el ángel de los eternos sueños quien les contesta apretándoles la garganta con invisible lazo y cerrándoles los ojos para siempre. Mientras por mi frente corrían gruesas gotas de un sudor glacial, daba yo vueltas en mis crispadas manos a aquella carta tan querida como deseada había sido, sin atreverme a abrirla; pero ello tenía que ser y fue.

»Brevísimos eran los renglones, pero de sobra compendiosos.

«¡Luis! —me decía—, todo acabó entre nosotros, aun cuando me pesa tener que decírtelo así tan claro. No te hablaré de los motivos que me obligan a ello; ¿para qué? Existen, y basta. Olvídame; no soy digna de ti».

»Quedé aterrado. Adán al oír la voz del ángel que blandiendo la espada de fuego le arrojaba por mandato de Dios del paraíso, condenándole al trabajo y a la muerte; Balthasar leyendo su postrera sentencia, que una mano misteriosa escribía con letras de fuego en la pared de la sala del festín, no sintieron el horror que de mí se apoderó tan pronto pude penetrarme de la realidad y extensión de mi desdicha. Hasta ignoro lo que fue de mí el resto de aquel día y la noche que le siguió, ni por qué extraños parajes anduve errante. Sé, sí, que no torné a mi morada hasta el amanecer de la siguiente mañana, y que al verme llegar tan demudado y cubierto de lodo, prorrumpieron todos en lastimeras exclamaciones que yo oía indiferente y como si no se tratara de mí.

»No tardó en sorprenderme la visita del médico, a quien con toda la cortesía que me fue posible le hice saber que con mi enfermedad, hija del cansancio y disgusto moral, nada tenía que ver la ciencia. El doctor, sin embargo, fiel a su deber y sin hacer caso de la resistencia pasiva que de antemano oponía yo a probar la virtud de sus recetas, me dijo no sé qué cosas del hígado, de los nervios y de mi temperamento, cuyas fuerzas, completamente desequilibradas, me exponían a algún desagradable accidente.

»—Ante todo —concluyó diciendo, después de mandar por un calmante—, le recomiendo a usted un reposo y sosiego inalterables, por ser de absoluta necesidad para su salud. No se calmará de otra manera la profunda excitación y la calentura que le domina.

»Viendo que no había otro remedio, fingí al cabo de avenirme a seguir sus prescripciones para que así me dejase más pronto libre, y encerrándome con llave tan pronto quedé solo en mi cuarto, fui a arrojarme sobre la cama, agitado y como fuera de mí.

»—El médico, pensaba yo confusamente, me recomienda ante todo sosiego y descanso, y en verdad, es lo único que necesito, así como el lograrlo la cosa más fácil del mundo. Esa ventana por donde penetra la luz ofendiendo mis pupilas, los muebles de la habitación, el lecho en que me he tendido danzan de una manera insufrible en torno mío, haciendo infernal estrépito; el corazón se empeña en que ha de salírseme del pecho rompiéndolo sin compasión, y la misma tierra tiembla bajo mis pies como si hubiese llegado su último día... ¡qué horrible batahola!, ¡sosiego!, ¡descanso! ¡Tiene razón el buen doctor!

»Y tentóme de tal suerte a la risa esta idea, que prorrumpí en una carcajada convulsiva que puso término a mis agotadas fuerzas, pues caí al suelo sin aliento sintiéndome morir asfixiado. Y hubiera muerto sin remedio a no haber estallado en hondos sollozos, tras de los cuales un abundantísimo llanto corrió de mis hinchados y encendidos párpados. Sostenido por la fiebre, pude todavía levantarme aquella tarde y salir sin ser notado de las gentes de mi casa. Cuantos me veían en la calle pronunciaban frases que yo no entendía y se paraban señalándome con el dedo; debía parecerles un espectro; pero yo, indiferente a todo, seguía impasible mi camino. Aun cuando me hubieran sujetado con férreas ligaduras, mis manos las hubieran roto para poder ir adonde en mi delirio me había prometido que llegaría. ¡Ah!, quería saber lo que tan claramente se me había dicho, pero que no podía ni quería atreverme a creer. ¡Todos nos resistimos a dar fe a los propios oídos, si es que se nos ha hecho escuchar nuestra irrevocable sentencia final!

»Tenía Berenice una buena amiga, viuda, de más de cuarenta años, cuyo talento y carácter eran de todos apreciados. Nunca nos habíamos hablado, pero éramos antiguos conocidos a pesar de esto, toda vez que Berenice la tenía por confidente y se hallaba enterada de cuanto se refería a nuestros amores. Sin vacilar un solo momento, me dirigí a su casa y le pasé recado diciéndola que precisaba hablarla. Al verme, sus ojos, que debían haber sido muy hermosos, me miraron con simpatía y tristeza, mientras me ofrecía un sillón en el cual medio me dejé caer como desplomado.

»—Siento una agradable sorpresa al verle a usted en esta casa —me dijo—, y deseo poder servirle en cuanto esté en mi mano.

»—Por de pronto —la contesté lleno de turbación—, tengo que apelar a la indulgencia de usted por la manera con que acabo de presentarme.

»—Omita usted toda excusa. Cuento entre los míos a los amigos de mis amigos, y usted debe saber por lo mismo que no me es ni extraño ni indiferente.

»Díjome esto con un acento de franqueza y sinceridad que no permitía dudar de sus palabras, y aun observando sin duda que yo no acertaba a declararla el objeto de mi intempestiva visita, para darme lugar a que cobrase valor añadió con marcado interés:

»—Está usted muy demudado. ¿Le aqueja por ventura algún padecimiento?

»—Acaso, señora... uno bien extraño —la respondí medio tartamudeando; y añadí lleno de confusión—. Va usted a perdonarme, ya que, si me atrevo a tanto, consiste en que es para mí cuestión de vida o muerte la que aquí me trae.

»—Hable, por Dios —exclamó casi asustada al notar mi emoción—. Tráteme usted como a una antigua amiga.

»—Quisiera —la dije entonces en voz tan baja que apenas sí podía oírme a mí mismo—, quisiera... hablar a... Berenice... una vez... ¡una sola!, y no hallo medio posible de lograrlo.

»—¡Ah! —exclamó al pronto la buena señora con maliciosa expresión. Mas después de meditar algunos momentos, como si acabase de resolver consigo misma algún importante problema, repuso—: Si usted lo desea, la escribiré ahora mismo rogándola que tenga la bondad de venir a verme.

»—¡Si fuese usted tan condescendiente... tan buena! —exclamé sintiendo impulsos de arrojarme a sus pies.

»Debió ella comprender hasta qué extremo me devolvía con semejantes palabras el ánimo perdido y cuánto le agradecía aquel servicio para mí impagable, porque la oí murmurar enternecida mientras abandonaba la estancia.

»—¡Pobre joven! Así pudiese hacer por él todo lo que deseo y merece; ¡cómo se ha vuelto...!, ¡y después dicen que no hay quien sepa querer bien!

»Cuando apareció de nuevo, recordándome que para el cuerpo enfermo es siempre saludable la atmósfera embalsamada de las flores, me instó a que pasase al jardín, el cual se hallaba casi a nivel de la sala, y me entretuvo (quizá para evitar que volviese a hablarla de Berenice) explicándome las excelencias de algunas flores; flores que brillaban a mis ojos sobre su alto tallo, descoloridas y sin aroma como mis agonizantes esperanzas. Bien pronto sonaron dos golpes en la puerta, sintióse el crujir de un vestido de seda y un débil perfume que me dejó medio desvanecido llenó la atmósfera...

»¡Ella venía...! ¡Qué momento aquél...! Instintivamente volví la espalda, temiendo sorprenderla desagradablemente con mi desencajado semblante.

»—Te doy gracias —oí que le decía la buena señora—, por haber acudido tan puntualmente; pero no he de serlo yo tanto en decir para qué te he llamado. Antes, querida niña, tengo que hacer un minucioso registro en mi papelera: sírvete, pues, pasar al jardín y esperarme, que en seguida estoy contigo.

»Y se retiró al fondo de la sala desde donde nos veía sin que pudiese oír lo que hablábamos, fingiendo buscar entre sus papeles algo que sin duda no le era necesario.

»La sorpresa y el disgusto dibujáronse en el rostro de Berenice tan pronto se halló sola conmigo. Yo no la di, sin embargo, tiempo a reflexionar en nada. Tambaleándome, embriagado por la felicidad de volver a verla, me aproximé a ella, diciéndola con un acento que la hizo estremecerse ligeramente:

»—Alma de mi alma... ¿te has vuelto loca? ¿Qué me has escrito ayer? ¿Cómo te has atrevido a dirigirme aquella carta que estuvo a punto de matarme? ¿Por qué hace tantos siglos que no me dejas siquiera verte, luz de mis ojos? ¿No sabes que agonizo así?

»Con un sí es no es de mal reprimida impaciencia y algo de temor me miró, puede decirse, de una manera algo inquisitorial, y en un tono tan nuevo para mí como las frases que me dirigía, me dijo:

»—No te he escrito ni he dejado que me vieras, porque a nada conducía ya que te viera ni te escribiera.

»—¡Que no conducía a nada...! —murmuré como un idiota—. Explícate; no entiendo una palabra de lo que me dices... Sin duda deliras como yo he delirado, mi idolatrada niña. ¿No sabes que estamos unidos para siempre... para siempre jamás? —Y cogiéndola las manos, aquellas manos mías, se las besé con frenesí.

»Ella entonces, mirándome impaciente como si la incomodase oír mis cariñosas frases, pero compasiva al mismo tiempo pues sin duda tenía en cuenta mi fe ardiente en la mancomunidad de nuestros destinos, me atrajo hacia una esquina del jardín en donde nadie podía vernos, y me dijo:

»—Luis, ten valor; es preciso que me perdones y me olvides para siempre... éstas son cosas de la vida que duelen al pronto y que se olvidan después. Ahora soy yo la que te deja; mañana es posible que fueses tú el que me dejases a mí; desde que hay hombres en la tierra ha sucedido siempre lo mismo. Ya te irás consolando poco a poco; ya amarás a otra, y aun a otras... perdóname y olvídame... confieso que no soy digna de ti. —Y aproximando la frente a mis labios, añadió—: ¡Adiós! Dentro de poco sabrás lo que todo esto significa.

»Y me dejó solo... solo... solo para siempre.

Al decir esto, con ronco acento y en el *crescendo* de la desesperación, desprendiéronse de los ojos de Luis gruesas lágrimas que bañaron su rostro pálido, como pudieran bañar el de una estatua. Diríase que sus ojos era lo único que en él lloraba, permaneciendo el resto ajeno al llanto, que parecía manar de misteriosa y amarguísima fuente.

Pedro se hallaba a su pesar conmovido en parte, en parte también violento y deseando que diese término a una historia que no tenía de nueva ni de notable más que las semifantásticas redundancias con que el protagonista la adornaba, así como la manera interesante y expresiva con que sabía relatarla. Respetando, sin embargo, el verdadero dolor que aquellos recuerdos producían en el alma de su amigo, se limitó a observarle en silencio, dejándole en absoluta libertad de alargar o acortar la ya interminable narración.

—Al oír las terribles palabras —añadió Luis— con que Berenice se despidió de mí, quedé al pronto anonadado, sin voluntad propia, sin conocimiento real de lo que hacía y sentía. Ni sé cómo pude despedirme de la buena señora que tan indulgente se había mostrado conmigo, ni ella, temiendo sin duda mortificarme, me lo dijo jamás. Cuando desperté del estado de idiotismo en que había caído, me hallé en mi cama, débil hasta el punto de caer como un beodo si intentaba ponerme en pie. Tuve, pues, que permanecer largos días encerrado en mi gabinete, sin ver otra persona que la que me asistía y procurando por todos los medios posibles restablecerme, a fin de recobrar con la salud la perdida libertad. Por lo demás, el recuerdo de cuanto me había sucedido con Berenice se hallaba tan confuso en mi memoria como el de una de esas horribles pesadillas cuyos detalles se borran de nuestro pensamiento tan pronto despertamos, dejándonos únicamente rastros de la angustia con que nos han oprimido.

»—¿He delirado en mi enfermedad? —pregunté un día a la persona que me cuidaba.

»—Mucho —me respondió.

»—¡Gracias a Dios! —dije entonces para mí con cierta alegría—. Todos esos confusos recuerdos que a veces parecen querer asombrarme, asomando el torvo rostro al lado del rostro divino de Berenice, no son más que fantasmas inventados por mi mente calenturienta. He estado gravemente enfermo sin saber que lo estaba, y de ahí explicado el misterio. ¡Dios mío, qué horribles cosas he visto y sentido! ¡Pobre naturaleza humana! ¡Hasta qué tristísimo y deplorable estado es capaz de descender!

»La idea para mí halagadora, y que acepté como verdadera, de que si algo doloroso recordaba haberme pasado con Berenice era pura ficción de mi fantasía, contribuyó a restablecerme mucho antes de lo que nadie hubiera esperado; pero yo no sé, a pesar de todo, qué luto interno cubría mi corazón. Tampoco, a pesar de mis poderosos esfuerzos de voluntad, me era ya posible representarme la adorada imagen de mi amada en la misma forma que lo hacía antes de haber estado enfermo. Un espectro descomunal, anguloso, descalabrado, venía a interponerse entre nuestras dos almas y las impedía aproximarse la una a la otra, haciéndome sufrir de tal suerte que me parecía estar delirando aún.

»—¿Sabrá que he estado enfermo? —me preguntaba a cada paso—. ¡Cuánto debe haber sufrido mi pobre ángel! Pero... ¿por qué...?, ¿por qué su espíritu no viene a consolarme como en otros días? Dijérase que lo que en el extravío de mi razón me he imaginado ver pudo influir de alguna manera en nuestros destinos.

»El día en que por primera vez pude salir a la calle para ir a verla, me asaltó de súbito una impresión de terror que no pude explicarme. Como aquél que tras largo viaje, al regresar al hogar querido, tuviese el presentimiento de que no iba a encontrar más que una tumba vacía, apresuré el paso temblando y me hallé bien pronto al pie de su casa, la cual estaba herméticamente cerrada. ¿Habrán ido a Conxo...?

»¡Increíble felicidad! Pero apenas si empezaban a asomar los primeros brotes en las ramas de los saúcos, y no era tiempo todavía de que los hijos de la ciudad pudieran hallar en el campo las delicias que en más benignas estaciones les promete. Todo esto lo pensé en un segundo, sintiendo al mismo tiempo que aquel luto interno que cubría mi alma acababa de tomar espantables proporciones. Inmediatamente vine aquí, y sin poder contener el marcado y peligroso desasosiego que de nuevo empezaba a apoderarse de mí, subí a casa del cura inventando no sé qué pretexto, y al primer criado que salió a abrir la puerta, que fue un muchacho muy conocido mío, le pregunté si Berenice y su madre se hallaban en el convento.

»—¿Pues no sabe usted —repuso el mozo con marcada sorpresa— que la señorita Berenice se ha casado hará un mes?

»—¡Casado! —exclamé con voz sorda—, ¿quién te ha dicho semejante patraña, mentecato? ¡Casado!

»Y lancé una carcajada que hizo estremecer de pies a cabeza al pobre muchacho, quien, como aquél que duda si debe hablar o callar, añadió por último:

»—Pues... sí, señor; se ha casado con un norteamericano muy rico. Mi amo, el señor cura, fue el que les ha echado la bendición, después de lo cual embarcaron al día siguiente para Nueva York, con un tiempo que daba gloria.

»Desde que hube oído aquellas blasfemias, empecé a comprender y a despertar como deben despertar los enterrados vivos dentro de su tumba... ¡Pero yo no podía creer aquello...! ¡No... no era posible! ¿Cómo había de soportar tan espantosa idea?

»No sé cómo volví a recorrer el camino, ni cómo pude decidirme a subir de nuevo a casa de mi bienhechora, la amiga de Berenice. Sé que me encontré allí, y que aquella mujer hubo de repetirme, llena de consternación, en presencia de mi doloroso espanto, poco más o menos lo que aquí acababan de decirme.

»Era verdad, ¡horrible verdad! Berenice se había unido a aquel gigante entre sajón y salvaje; si su alma era mía, a él había entregado o vendido su cuerpo santificando el abominable contrato por medio de un inicuo juramento. ¡Mi pobre niña... mi ángel custodio en brazos de aquel bárbaro, que hacía recordar los feroces guerreros germánicos, con sus cabellos rojos y sus manos y sus pies de gigante! ¡Mi diosa, mi ídolo, mi pequeñuela, tan graciosa como una hada; tan espiritual, tan sensible, tan pura y tan mía, satisfaciendo los brutales deseos de aquel animal de carnes rojas y alma de piedra!

»Nunca había sentido yo celos de la que mi alma poseía plenamente, ni imaginara siquiera que podría llegar nunca a tenerlos; hay suposiciones que casi pueden tenerse por crímenes. Yo confiaba en ella como confían los fatalistas en el destino y los creyentes en Dios, cuyas promesas no pueden dejar de cumplirse. Berenice era lo que decimos mi *ab eterno*, y es inmutable lo que allá se ha ordenado; por eso sigue perteneciéndome... pero... dejemos ahora esto. Te decía que nunca había tenido celos de ella, y que hasta me creía exento de esa pasión, castigo el más horrible de los pecados del amor, y que es fuerza que sufra todo el que ama con exceso, a fin de que la tierra, tal cual Dios lo dispuso, no sea lugar de placer en el que le olvidemos sino de expiación y de tránsito nada más. Desde el momento, pues, en que a vuelta de oírlo y de pensar en ello, y, sobre todo, de no verla en parte alguna, pude penetrarme de que ella era materialmente de otro, de que había huido, ese terrible mal de los celos, al cual había creído poder sustraerme, me hirió como a ningún otro ha herido. En mi corazón acumulóse de repente la esencia mortífera de todos los dolores, y empezaron a devorarme cuantos horrendos deseos puedan atormentar a los hijos de la muerte. Deseos inspirados por el odio, por la venganza, por... ¡no he de decirlo, no...! deseos, en fin, que entrañaban en sí el pecado, el desorden, el crimen.

»Para mí no había sueño, ni sueños, aborrecía el día y me asombraba la noche... ¡Oh...! La noche... ¡Dios mío...! Porque era entonces cuando después de atravesar el mar entraba en la nupcial alcoba, y a la luz dudosa de la discreta lámpara, veía las caricias que aquel bárbaro le prodigaba a la siempre virgen de mis amores purísimos. Aquello era espantoso... un tormento sin alivio ni fin, una agonía lenta que me hacía prorrumpir en abominables blasfemias. ¡Ay! Yo no sabía a dónde ir ni qué hacer con mi pobre cuerpo tan fatigado y dolorido, y dentro del cual el torturado espíritu se retorcía en horrendas convulsiones sin lograr salir de su cárcel. Para cualquier otro, la muerte hubiera sido el único y supremo remedio a tan incurable pesadumbre, mas para mí, que me hallaba iniciado en los secretos de nuestra manera de ser *aquí y allá*, no era solución ninguna. Además, quería volver a verla en este mundo, a estrecharla contra mi corazón. Ya no me bastaba su alma, quería a todo trance poseer también su cuerpo que otro me había robado; la necesitaba toda... toda para mí solo: tenía pues que esperar a que volviera si acaso yo no podía ir a donde ella se encontraba.

Luis volvió a guardar silencio, pero sus labios se agitaban convulsivamente, chispeaban sus pupilas y rechinaba los dientes..., creeríase que iba a ser presa de una terrible convulsión. Asustado Pedro, aun cuando disimulando su temor, suplicó a su amigo que descansase algunos momentos.

—No, no... —repuso éste—. Siento hoy un cruel placer en recordar todo aquello, y voy a proseguir... es una historia al parecer muy extraña la que te cuento... escucha.

# Capítulo II

En efecto, como el que gozase en arrancarse las propias entrañas, Luis, con acento cada vez más expresivo y conmovedor, prosiguió hablando de esta manera:

—Usted está hechizado —me dijo una mañana la amiga de Berenice, acercándoseme en el claustro de la catedral, en donde agobiado por la tristeza me paseaba oyendo resonar a lo lejos el órgano, mientras leía como en libro consolador los epitafios de las sepulturas que iba pisando con mis pies—. Usted tiene en sí un maleficio —añadió—, y es fuerza que le venzamos. Hace tiempo que me han autorizado para ello, y al fin veo que es necesario llevar a cabo obra tan meritoria. ¿A qué proseguir soñando y consumiéndose por lo que para usted es menos que una sombra? *Ella* no era capaz de amar, ni comprendió nunca el verdadero significado de esa palabra.

»Y como notase que tan amargas aseveraciones me hacían un daño tal que se traslucía en mi rostro de una manera harto clara la dolorosa sorpresa y el desagrado que me causaban, prosiguió diciéndome con cariñosa severidad.

»—El cauterio es un remedio fuerte, pero indispensable para curar ciertas heridas, y precisamente un cauterio es el que yo quiero aplicar a ese pobre cuanto rebelde corazón, por más que usted se enoje conmigo. No desagradó usted en un principio a Berenice, por el contrario, interesábale su aire melancólico y encontraba esa cabeza de poeta romántico que a la suerte plugo concederle digna de que una hermosa fijase en ella la distraída mirada. Y como vio por otra parte, bien claramente, el violento amor que había inspirado, y como le hiciese gracia suma la manera no común con que usted la rendía reverente culto, hubo de prestar atención a las extrañas melodías de aquel que ensalzaba su belleza sobre cuantas en la tierra pudieran existir, y de aceptar el incienso que un idólatra quemaba con fe ardiente en sus aras.

»—¿Sabe usted —me dijo cierto día—, que me aqueja un pesar?

»—¿A ti? —la pregunté sorprendida, porque en su semblante brillaba esa serenidad y complacencia propias de quien está satisfecho de sí mismo.

»—No sé si me expresé mal —añadió—, pero es el caso que me siento disgustada, aburrida, y que, semejante al pájaro aprisionado, me agito sin cesar aguijoneada por una insoportable impaciencia que me incita a recobrar mi libertad.

»—Pues encuentro muy extraño todo ello y no lo entiendo —la repliqué—, explícame si puedes la causa de tus disgustos.

»—Ese hombre, amiga mía —añadió—, va siendo para mí una verdadera pesadilla; no he visto modo de delirar como el suyo. Verdad es que, dado su carácter excéntrico, soy culpable de haber contribuido a enloquecerle, no tan sólo porque le hablé y escribí desde que nos conocemos en la misma forma lírico-melodramática que él usa siempre conmigo, sino porque hice tan a maravilla el papel que me propuse representar, en tanto esto pudo servirme de solaz, que el buen Luis llegó a creer en mí aún mucho más que en Dios, sin que ni un solo instante hubiese dudado de la firmeza y rectitud de los sentimientos que suponía abrigaba mi pecho. Hallóme por esto tan hecha a su gusto, y su entusiasmo fue creciendo y creciendo de tal manera al ver cómo yo sabía corresponder a su afecto, que llegó hasta el delirio y a la extravagancia más inverosímil en las demostraciones de su fantástico amor. Imagínese usted que se empeña en que nuestros espíritus tienen el don especial de atraerse y andar dando vueltas, abrazados, yo no sé por qué selvas e imaginarios espacios, y que no cesa de soñar con la muerte y la felicidad que hemos de gozar en mejores mundos, ¡cuando yo me hallo en éste tan a bien con la vida! Usted que conoce mi carácter, tan poco dado a andar fuera de lo real, comprenderá hasta qué extremo excitaría mi buen humor semejantes fantasías, repetidas a todas horas y en toda ocasión, y comprenderá asimismo como pudo llegar un momento en que se me hiciesen completamente antipáticas e insoportables. Amén de esto, como yo no he de unir mi suerte sino a la del hombre que mi padre quiera, sería completamente inoportuno que prosiguiese alentando sus locos desvaríos. He aquí por qué, al ver que esa criatura a todas horas y en todas partes se halla como pegado a la cola de mi vestido, vigila continuamente mis acciones, ronda mi puerta como un salteador y ha dado en tomar más en serio cada vez coqueterías de un momento y promesas que todos los amantes, o que se llaman tales, hacen hoy para olvidarlas mañana, llegó a impacientarme y ser mi sombra más temida. Me estremezco de disgusto cuando le veo, me asusta y enoja adivinar que me sigue cuando nos encontramos, y me siento mal si veo sus ojos de vampiro fijos en mí, con una mirada que tiene tanto de sospechosa como de ridícula. Si hubiese un alma caritativa (porque yo no me atrevo) que le fuese haciendo entender todo esto y me librase así de semejante loco...

»Calló la viuda algunos momentos mientras me observaba como queriendo escudriñar en mi pensamiento, y después, sin que el horror que producían en mí las abominaciones que acababa de revelarme fuese bastante a sellar sus labios, prosiguió diciendo con el mismo valor con que el cirujano opera al enfermo, no bien seguro de si tras de los tormentos que le produce con su bisturí han de volverle la salud o llevarle más de prisa hacia la muerte:

»—Poco tiempo después de haberme hablado así —añadió—, el padre de Berenice regresó de la corte trayendo para marido de su única hija a un neoyorquino tan grande como un mastodonte, pero riquísimo, con lo cual dicho está que se apresuró a romper con usted de la manera que lo hizo y tanto deseaba: y... ya sabe lo que ocurrió. Antes de partir, sin embargo, Berenice, que no era precisamente mala, sino (como tantas otras mujeres bonitas y aun feas) sencillamente coqueta, superficial, y, digámoslo sin ofensa suya, sensata hasta rayar en lo vulgar, parece que sintió por usted así como remordimientos, y llamándome aparte me dijo: «Casi me da lástima dejarle tan triste y entontecido, y si usted en su experiencia comprendiese que diciéndole la verdad desnuda podría curarse de su pasión, le suplico que lo haga sin temor alguno y sin callarle cosa, aun cuando haya de odiarme, porque a decir verdad, casi prefiero ya su odio a su cariño. Repítale hasta que lo entienda bien que vivió engañado, y que le aconsejo me olvide para siempre».

—¿Y no la buscaste para matarla? —exclamó Pedro indignado.

—¡Matarla... yo a ella! —repuso Luis con aquel acento de recogimiento y beatitud que le eran propios al hablar de su ídolo—. Horrible era, muy horrible, cuanto aquella excelente señora me revelaba; pero todavía, y como si se tratase de una venda que pudiese quitarse o ponerse en el lugar lastimado, añadió filosófica y candorosamente:

»—Ahora medite seriamente en cuanto le llevo dicho, que es la verdad desnuda sin exageraciones ni omisiones de ningún género, y olvídese por completo del pasado. Todo aquello fue un sueño; haga, pues, por vivir y alegrarse, ame a otra que sepa comprenderle, y no me guarde rencor porque le haya hecho saber cosas que, si al pronto habrán de herirle en lo vivo, acabarán después necesariamente por curarle de tan insensata pasión.

—Y tú, en efecto, te has curado, ¿no es cierto? —preguntó Pedro.

—Lo eterno no puede morir —replicó Luis con acento profético—; por eso, aun cuando en aquellos momentos de indecible sorpresa me sentí vacilar y agonizar, no tardó mi destrozado corazón en volver a sus creencias y a su fe. Porque... yo te lo digo, Pedro, no es posible inspirar una pasión como la que yo siento por ella y ser ajeno e indiferente a aquéllos que para siempre hemos encadenado a nuestro destino; ni puede, en absoluto (así lo creo firmemente), depender de nosotros la vida, la felicidad, la eterna esperanza de una criatura, aun la más miserable, sin que deje de existir entre nuestra naturaleza y la suya cierta íntima y secreta relación, cierta fuerza oculta que nos liga a ella, aun cuando no nos apercibamos de que las ligaduras existen, y aunque nos imaginemos hallarnos a una distancia insuperable de quien nos llama y desea como el ciego desea la luz y las flores el calor del sol.

—Ilusiones, todas ilusiones —repuso Pedro—. Yo creo, por el contrario, que si existen realmente fuerzas secretas que pueden influir en nuestros destinos, esas fuerzas nos separan precisamente de los que nos aman y nosotros amamos, y nos separan con una crueldad que hace pensar con cierto supersticioso temor en la preponderancia y dominio del mal sobre el bien.

—Eso mismo pensaba yo en otro tiempo, pero no ahora en que ideas bien diversas son para mí como artículo de fe de que no es posible dudar. Por aquellos días, sin embargo, yo también vacilaba como el más ignorante y mísero, y cuando la amiga de Berenice se alejó dejándome entregado al infierno de mis pensamientos, la maldije como a mi más encarnizado enemigo. ¿A qué me había hecho saber lo que, ¡dichoso de mí!, ignorara hasta aquellos momentos que cuento entre los más dolorosos de mi vida? Verdades hay, Pedro, que no debieran sernos nunca reveladas. ¡Santa ignorancia aquélla que nos aduerme en una engañosa felicidad! Decidle a una madre: tu hijo ausente ha muerto; decidle a una esposa: tu marido te engaña; decidle a una mujer de esas que se han entregado en cuerpo y alma por entero y para siempre a un solo hombre: nunca has sido amada, sino burlada y vendida; ¿para qué? ¿Quién desearía saber tales cosas mientras pudiesen permanecer ocultas a sus ojos, en el misterio? En vano, sin embargo, pretenderíamos huir al castigo a que en lo alto se nos ha sentenciado, porque los velos más espesos se rompen ante nosotros, que tenemos que ver lo que escondían. Ábrense los duros peñascos y hablan los muertos para mostrarnos el engaño, el abismo, la mentira, para hacernos oír la verdad que ha de sumirnos en negra desesperación. Tal me sucedió a mí, viéndome precisado a escuchar lo que venía a arrancarme el único consuelo que en mi abandono me restaba: la creencia de que había sido verdadera e intensamente amado por ella. Tras de un doloroso despertar, otro más doloroso todavía; tras de la ingratitud la indiferencia, el escarnio, el olvido... Porque es de esa manera que apenas la mente concibe sin espanto, cómo la mano oculta viene a herir en lo vivo a aquéllos cuyo pecado consiste en haber amado mucho a alguna criatura, sin acordarse de que hay algo más grande a quien debemos la adoración que por un ser puramente terreno le hemos negado... ¡Y qué horribles son esos castigos cuando el objeto de tu idolatría es el destinado por la Providencia a hacértelos sufrir! Porque tú querrías andar por el mundo pobre, errante, humillado y enfermo, con tal de que hubieses de soportar estos males teniendo a tu lado al ser por quien todo lo hubieras dado y perdido; pero he aquí que, sonriéndote la gloria, la juventud y las riquezas, todo eso te sobra, porque aquélla a quien adoras de rodillas y por quien todo lo ambicionas te falta, te odia, te huye y se burla de ti...

»¡Espantoso... muy espantoso es esto, Pedro! Sentí yo todo el peso de semejante desventura cuando vi que la amiga de Berenice se alejaba dejándome con la ponzoña en el alma, y no pude menos de volverme contra el cielo, y viéndome así tan maltratado, acusar de cruel al autor del universo.

»—¡Levantaos, muertos! ¡Venid a decirme que soy un blasfemo, un impío, y llevadme después con vosotros a los lugares en donde es inacabable la pena o termina el dolor, y reina la verdad y luce el eterno día! El mundo en que vivo es odioso y le maldigo una y mil veces.

»Así exclamé golpeando con mi planta las tumbas, que permanecieron cerradas, como si en ellas no hubiese más que inanimado polvo, mientras los guardias de la catedral, envueltos en sus hopalandas negras y rojas, pasaban a mi lado, iban y venían encendiendo los cirios y aventando sosegadamente el fuego de los incensarios, como si desde que la catedral es catedral existiesen tan sólo para ejercer, como máquinas vivientes, aquellos actos eternamente repetidos de la misma manera. Aquellos hombres que pasan tranquilos la existencia viendo correr los monótonos días a la sombra de aquellas severas naves que parecen guarecerlos contra lo más recio de las tempestades mundanas, aquellos hombres no tenían el sublime cuanto triste privilegio de amar como yo amaba. ¡Cuánto envidié entonces su uniforme existencia...!

»De pronto sentí deseos de huir, y del claustro pasé al templo, yo no sé si con la intención de insultar cuanto había en él de más sagrado. Pero a mi oído llegó el eco de los violines que gemían en la alta tribuna con acento entre sublime y desgarrador, y cambió para mí la escena. Imagíneme que las bóvedas de granito iban a desplomarse sobre mi dolorida cabeza, y creyendo llegado mi fin (tan intenso era el dolor que me taladraba el corazón) me apoyé contra un sepulcro para esperar la muerte. Las notas tristísimas que el arco arrancaba a las cuerdas del *violoncello* y de los violines parecían asimismo que me arrancaban el alma, y trémulo, sintiendo que mi cuerpo se helaba poco a poco y que se doblaban mis rodillas, me tuve por dichoso, creyendo que iba por fin a acabar mi carrera en el mundo en medio de aquella tristísima pero dulce agonía. Mas... callaron de pronto los violines, y las salmodias de los monaguillos y canónigos dieron comienzo, resonando en mis oídos rudas como un canto primitivo y monótonas como una existencia sin ideales ni ilusiones.

»Había cesado el encanto, y aquellas salmodias me despertaron desagradablemente a la vida, que no quiso todavía abandonarme. Yo te aseguro, sin embargo, que nadie puede morir, por grandes que sean sus dolores morales, cuando salí vivo del templo y me hallo aquí todavía. Si el dolor pudiera pesarse, ¡cómo habríamos de admirar entonces las colosales fuerzas de algunos espíritus, la poderosa energía de algunas almas nacidas y templadas para el sufrimiento!

»¿Adónde fui después...? ¡Ah!, ya recuerdo. Atravesé los lóbregos soportales de la Rúa, que aquel día asemejaban la subterránea galería de una catacumba, y después me dirigí, sin conciencia de lo que hacía, hacia los Agros. Desde que era desventurado, iba entonces por primera vez a visitar aquellos lugares; por eso cuando me vi allí, no atreviéndome a pasar más adelante (Conxo se me aparecía en lontananza semejante a un sepulcro), acabé por dejarme caer al pie del muro que, siempre cubierto de césped y florecillas, sirve de límite a las huertas. Soplaba a la sazón un viento desapacible que ya agitaba tristemente las copas de los árboles de hoja perenne, ya silbaba por entre las desnudas ramas de los que esperaban el dulce calor de la próxima primavera para cubrirse de frescos brotes. La alta chimenea de la fábrica vomitaba espesas bocanadas de negrísimo humo que aumentaba la tristeza del cielo, completamente encapotado; y como las continuadas lluvias habían dado una entonación demasiado agria al verdor de los campos, que la opaca luz de aquella invernal mañana alumbraba con monotonía, cuando recorrí con la mirada tan brumosos horizontes me pareció sentir que se posesionaba para siempre de mi alma el frío de todos los desencantos. Como las furias acosaban a los mortales malditos por los dioses, sentí que me acosaba el recuerdo de cuanto la amiga de Berenice acababa de referirme con tan grande como inaudita crueldad.

»Y allí... allí mismo, a la luz del día y en medio del campo, empecé a mesarme los cabellos como una débil mujer, a sollozar como un niño y a rugir como una fiera, porque ¡ay!, sentía, ¡pobre de mí!, que la amaba más intensamente que nunca y que no podía dejar de ser suyo para siempre. Y he aquí que hallándome tendido boca abajo sobre la hierba, mordiendo la tierra, alguien me tocó suavemente en la espalda. Era nada menos que una vieja gitana, de verdosos ojos, tez morena y abigarrado vestido, la cual, cuando con torvo ceño la pregunté qué me quería, dijo:

»—Buen mozo, pon en la palma de la mano una moneda de plata, y te diré en seguida la buena ventura, que no ha de pesarte de ello, pues tengo que revelarte grandes cosas, respecto de la pena que te está matando, y de lo que te ha de pasar en el porvenir.

»Al oír tales palabras, maquinalmente y sin darme cuenta de lo que hacía, registré mi bolsillo y, con la apetecida y milagrosa moneda indispensable para poder leer en mi oscuro destino, le tendí la mano.

»—¡Bendita sea la madre que te parió y el padre que te engendró, a quienes Dios tiene ya gozando dicha eterna en la gloria! —añadió la bruja—. Eres un real mozo, y mejor suerte mereces de la que tienes, ¡caramba!, aunque de ti depende que mude tu mala fortuna. Una mala mujer te ha hechizado, ¡caramba, que es verdad!, y por cierto que no se llama Pepa, ni Juana, ni Antonia, sino que tiene el nombre tan enrevesado como las intenciones, que son de engañadora y desagradecida hembra. Y yo te lo digo, buen mozo, que no volverás a comer pan sin lágrimas, mientras no logres arrancar del pecho el cariño que la tienes, queriendo a otra, porque la mancha de la mora sólo se quita con otra mora. Bien veo que no eres de los que aman y olvidan, y que en tu corazón ha tomado arraigo el hechizo, pero yo te lo digo y entiende que leo en tu porvenir como en un libro abierto; o mudas de afecto o te quedan muchas penas que sufrir y te espera un mal fin por causa de esa perra mujer que te ha engañado y vendido.

»Y dicho esto, alejóse la vieja a toda prisa, dejándome iracundo, atormentado y medio loco.

»—¡Maldita seas, bruja infernal, hija de la más vil escoria de la tierra! —exclamé rechinando los dientes.

»¡También la miserable había querido manchar la sagrada memoria de mi santa con su torpe lengua y sus ridículos vaticinios! ¿Por qué la había escuchado? ¡Atreverse a llamarla *mala mujer* y aconsejarme que mudase de afectos!

»¡Desventurado de mí! ¡Mándale al pez que abandone el líquido elemento en que habita, al pájaro que no vuele, al hombre que viva sin respirar! ¡Berenice... Berenice de mi alma... todos empeñados en ultrajarte, cuando eres la única, la imponderable, cuando sólo a ti puedo amar, cuando soy exclusivamente tuyo y me siento acabar sin ti!

—¡Vete al diablo! —exclamó Pedro impaciente y sin poder contenerse al oír la fervorosa exclamación de su amigo—, ¿es posible que aún hables así de ella? La viuda, la gitana, yo y todos, tenemos razón de sobra. ¿No te engañó y burló de la manera más inicua?

—¡Imperdonable...!, ¡inicua...! No me extraña el que así te expreses, natural es hablar torpezas cuando no pensamos bien lo que decimos. Si te hicieses cargo de lo que es el hombre, y que a pesar de cuanto se habla de su libre albedrío, nunca será capaz por un acto exclusivo de su voluntad de amar o aborrecer a otro, sino que el corazón o una fuerza que no proviene de esa voluntad la supedita y hace su esclava; si te hicieses cargo de esto y de otras mil cosas que no son del caso, no condenarías tan fácilmente la conducta de los demás, te mostrarías menos severo y me comprenderías mejor. En el tiempo a que me refiero, yo no podía ver tampoco bien claro el porqué de lo que me pasaba. El dolor y los celos me cegaban, sumiéndome en densas tinieblas, y sólo cuando mi buen tío me dejó oír su profética y santa palabra, pudo iluminar mi espíritu debidamente la luz de la verdad. No; no tuvo Berenice la culpa de maltratarme como lo hizo. Un oculto poder de que ella misma no podría darse cuenta fue el que, endureciendo para mí su corazón, la impelió a abandonarme y a juzgarme de la injusta manera que lo hizo.

—¡Poder del cielo! —exclamó Pedro—. Bien dicen que en este mundo de engaños y mentiras, el que no se consuela es simplemente porque no quiere consolarse. He ahí un sistema cómodo y a prueba de toda clase de desengaños.

—No me importa que te sonrías —añadió Luis, mirándole con cierta severidad—; no será por eso menos exacto lo que digo. Había yo sido impío e idólatra amándola como la amaba, sin acordarme de que al fin el barro no es más que barro. Había llegado a desconocer a Dios, colocándola a ella en lugar suyo, y de haberla entonces poseído, de haberla hecho mi esposa, al poco tiempo la hubiera asimismo matado y matádome con ella... ordenando que se nos enterrase en una misma fosa, a fin de que allí se confundiesen nuestros cuerpos, como irían a confundirse nuestras almas en otros mundos mejores. No le bastaba a la soberbia de aquel inmenso, de aquel monstruoso amor mío, y, ¡ay!, ¡no le basta todavía!, lo que es patrimonio del hombre, sino que pedía y buscaba aquello que pertenece exclusivamente a la divinidad. Dios fije, no ella, quien la apartó de mi camino, haciendo que un extranjero me la arrebatase, llevándosela a tierras tan lejanas que perdí completamente su rastro, como se pierde el del pájaro que cruza velozmente el espacio ante nuestros ojos, acaso para no volver más. Pero déjame que dé término a esta historia lo más aprisa que pueda, y que te cuente de la manera más comprensible de que soy capaz cómo, por la senda de tan acerbos dolores y de peripecias tan varias en su monotonía, llegué a sacar las lógicas consecuencias de que te llevo hablando, y se refieren a la comunicación e íntimas relaciones que existen entre lo que se ve y no se ve, entre lo que fue en el mundo y sigue siendo en otras regiones, entre el hombre y la naturaleza.

»Te dije que la gitana con sus profecías y consejos, semejante a los antiguos magos cuando irritaban a las dormidas y encantadas serpientes, tocándolas con su vara de maravilloso poder, había ella irritado mis heridas. Maquinalmente dejé mi asiento, y sin saber lo que hacía, tomé por el camino de Cornes, que en tanto tiempo no osara atravesar, porque cada zarza, cada piedra y cada flor de aquellos estrechos senderos, que infinitas veces había recorrido para venir aquí en días más dichosos, tenían para mí colores, ecos y hasta gritos misteriosos que me desgarraban las entrañas. No retrocedí entonces, a pesar de esto, sino que proseguí marchando aprisa hacia el monasterio, que negreaba sombríamente en lontananza, como si algo me llamase con imperiosa voz desde sus hondas soledades.

»El prado en donde las lavanderas suelen tender sus ropas, así como los barrancos y montecillos de aquel paraje siempre verde, hallábanse materialmente cuajados de margaritas y violetas y de otra multitud de florecillas silvestres, todas antiguas amigas mías, las cuales, al sentir mis pasos, me saludaron enviándome delicadísimos y tenues perfumes y volviendo hacia mí con tristeza sus frescas corolas. ¡Ah!, miré hacia lo alto para no verlas, porque no me era posible fijar en ellas la mirada sin sentir de una manera insoportable y aguda, como la hoja de un puñal que me traspasara el corazón, la nostalgia de mi perdida felicidad. Las urracas, los mirlos, los gorriones y jilgueros me salieron al paso hablándome en su deliciosa lengua de cosas muy queridas, y entonaron canciones que eran como el eco perdido de mis alegrías ya muertas... Apresuré el paso, diciéndoles al viento, a las flores, al agua y a los pájaros: «¡Dejadme... dejadme, por piedad! Bien veis que no os he olvidado, pero no me recordéis tan viva y cruelmente el perdido bien por el cual me siento morir. ¿No veis qué demudado estoy? ¿No adivináis lo que sufro?».

»Y en vez de seguir hacia el molino en donde el verdor y el misterio aumentan su hermosura, entré en la desigual carretera que podía decirse mar innavegable de espeso barro, en donde me hundí sin escrúpulo ni aprensión, causando el asombro de las aldeanas que, arremangadas, atravesaban a duras penas aquel inverosímil camino. Por fin, cubierto de lodo, agitado y convulso, llegué al monasterio y penetré en el claustro en donde mujeres, niños y aun hombres (si bien éstos en corto número) se hallaban diseminados bajo las arcadas, al pie de la escalera por donde tantas veces yo había bajado para ir a reunirme con la amada de mi alma. Mi aspecto debía ser bien extraño porque todos al verme me miraron con asombro, casi con miedo.

»—Con éste sí que anduvieron de todas veras *las muy indinas* —murmuró una vieja al oído de otra más vieja todavía.

»Y yo, que no acertaba a explicarme cómo había llegado hasta aquel paraje donde tan tristes memorias y espectros tan temidos habían de salirme al paso, tomé maquinalmente asiento cerca de aquellas gentes, que acabaron por mirarme con amigos y compasivos ojos.

»Hallábanse entretenidos en contarse unos a otros la historia y el origen de los extraños padecimientos que les aquejaban, y por preocupado que se hallase mi ánimo, tan extraño me pareció lo que referían con temerosa voz que no pude menos de prestar atención profunda a sus palabras. En verdad, más se creyeran al pronto sus relatos, pura fantasía de mentes acaloradas, que historias verdaderas de cuyo origen y esencia la razón se resiste a ocuparse. Mas los efectos causados por enfermedades sin nombre no dejaban por eso de ser tan inexplicables como terribles. Éste dejaba salir de su infantil garganta un eco fuertísimo, ronco, gutural, perenne, que no parecía hijo de ningún pecho humano, de fiera ni instrumento conocido, pero que no se podía oír sin que los nervios se crispasen, sin que el corazón se oprimiese y se experimentase una emoción de indecible disgusto. ¿Qué habría en aquella delicada garganta para que pudiese producir un sonido siempre igual, unísono, ronco, lúgubre? Empeñábase uno en devorar con repugnante y ansiosa avidez la gredosa tierra y la hierba que cubría el suelo, mientras otro, joven aún, pero de macilento y cadavérico semblante, iba y venía en incesante agitación, semejante a una ardilla cuando apenas si le quedaban fuerzas para sostenerse sin caer desfallecido. Parecióme el suyo tormento superior a los del infierno de Dante: por lo que aquel desventurado contaba, tomando entonces sus facciones una expresión feroz, desde el momento en que había bebido en el mismo caño de la fuente con cierta mujer que le quería y él desdeñaba, diabólicos deseos, inquietudes desconocidas, instintos verdaderamente crueles nacieron y se desarrollaran prodigiosamente dentro de sus entrañas, mientras el espíritu, la sombra, o como quiera llamársele, de aquella mujer aborrecida, persiguiéndole sin cesar, chupábale ocultamente las sangre, quitábale el apetito, privábale de sueño y le asesinaba lentamente, sin que ni de día ni de noche pudiese sustraerse a su influencia mortífera. Veíala en todas partes, hallábala dentro y fuera de sí, y poco a poco iba muriéndose de hambre, sin poder comer; de sueño, sin poder dormir; de inquietud, sin que le fuese dado gozar momento de reposo, condenado como se veía a tener siempre delante de sí, siempre consigo, la aborrecida y asesina visión. Suspenso me dejó, más que otra alguna, la inexplicable dolencia de aquel mozo, acaso porque sin que osara decírmelo a mí mismo encontraba en ella extraña analogía con el mal que a mí me aquejaba. A vueltas andaba en mi pensamiento con las ideas que en mí despertaba semejante relato, cuando la vieja que al entrar yo en el claustro se había fijado en mi descompuesto semblante y desmañado atavío volvió a decirme:

»—Enfermo está este mozo, pero, señorito, no lo está usted mucho menos. Los malos espíritus o las malas mujeres deben hacerle a usted, a lo que parece, cruda guerra.

»No me atreví a contradecirla, y alentada ella con mi silencio añadió en seguida con verdadero interés:

»—Pero dígame, mi buen señor, si le es posible, cómo siendo usted un caballero pudieron atrevérsele brujas o maleficios, pues éstos no suelen habérselas con gentes de calidad, sino con nosotros, los pobres campesinos.

»Chocóme casi tanto la pregunta como la observación de la vieja, y sonriéndome de una manera tan ambigua como lo eran mis pensamientos, respondíla:

»—Ignoro en qué podrá consistir la predilección con que los malos espíritus miran a los hijos del campo, y lo único que puedo decirle, mi buena mujer, es que, si maleficio hay dentro de mí, por los ojos se me ha entrado hasta llegar al alma misma, y allí mora atormentándome como ninguno ha sido atormentado en este mundo.

»—No necesita usted decirlo —replicó con lastimoso acento—, que bien se deja ver en su rostro y porte; pero si de esa manera —prosiguió hablando— se ha metido en usted el hechizo, ha de ser más recio de salir que si se le hubiesen dado en vino, leche, agua o cualquiera otra clase de bebidas o alimentos, porque como decimos:

> «*Mal d'ollo ou feitizo que n'alma s'asenta, só sai para fora por gran milagreza*».

»—Mas no pierda por eso la esperanza, que Dios está sobre todo, y a Él toca únicamente hacer lo que a los hombres no les es dado en manera alguna.

»En aquel momento dieron aviso de que podían dirigirse a la iglesia los enfermos que habían de ser exorcizados, y yo fui en pos de ellos como uno de tantos, impulsado por secreta fuerza y sin saber por qué iba.

»Y sucedió después que sin saber también de qué manera pude llegar a tal extremo, caí arrodillado como los demás maleficiados ante el altar que en la espaciosa sacristía se hallaba dispuesto para el caso. Y mientras chisporroteaban las velas encendidas a cada lado del crucifijo de marfil, mudo testigo de la escena, y la sagrada estola cubría nuestras cabezas, piadosamente inclinadas hacia el suelo, el buen fraile, con el libro abierto en la mano, recitaba los terribles conjuros en un latín verdaderamente bárbaro y mucho más suyo que del Lacio, dando a su acento monótono y rudo cierta entonación tan a propósito para causar efecto en los ignorantes, como risa en los incrédulos. A decir verdad, los maleficios y espíritus que quería arrojar a los abismos infernales debían ser de lo más inobedientes en su género, porque no dieron la menor muestra de que fueran a dejarnos libres de su importuna compañía. No hubo gritos, ni convulsivos retorcimientos, ni nada que indicase las internas sacudidas que para abandonar nuestros cuerpos debían producirnos al oír los terribles conjuros.

»Estas reflexiones las hice después al calor de mis recuerdos, porque será bien que te advierta que mientras duró la ceremonia mi alma, como nunca atormentada, se elevó hacia Dios, rogándole con todo el ardor de que era capaz que si en mis males había algo que pudiese encontrar cura o alivio, me le diese, ya que mis fuerzas se hallaban agotadas con sufrimientos superiores a ellas. Ya lo ves, Pedro, a estos extremos, por estas pruebas pasan los hombres, aun los más incrédulos, cuando los dolores que les aquejan son de esos que la ciencia no alcanza a curar, ni el pensamiento a medir en toda su intensidad.

»Al terminar la ceremonia, como yo hubiese observado que el buen fraile me había visto a sus pies con extrañeza y desconfianza, le entregué no sé qué cantidad para que dijese unas misas por mi intención, y con esto reinó desde entonces entre ambos la mejor armonía.

»—Perdóneme que le pregunte —me dijo llamándome a un lado sigilosamente— qué clase de dolencia le trae aquí, porque no es costumbre en jóvenes como usted y personas de su calidad que quieran curarse de esta manera, faltándoles, como les falta, la fe, que es lo esencial en tales casos.

»—Mi mal es inexplicable, padre —le respondí—; si bien me importuna de tal suerte que, como usted ha visto, no rehúyo hacer toda clase de remedios, con la esperanza de que alguno pueda llegar a serme provechoso. No tema usted, no, que vaya a faltarme la fe mientras venga como ahora a postrarme ante este altar...

»—Está bien, está bien —repuso el fraile como si rumiase sus palabras—; pero ¿en qué forma se presenta su enfermedad? ¿Por medio de vahídos de cabeza, ronquidos del bazo, náuseas o divagaciones del sentido?

»Al oír yo semejantes preguntas, sobrado ajenas a la índole de mis padecimientos, empecé a sentirme tan impaciente y deseoso de dejar aquel hombre que haciendo ademán de alejarme le contesté a toda prisa:

»—Padre, me imagino que todas mis entrañas se hallan igualmente doloridas por efecto de la maligna ponzoña que tengo en el cuerpo... Pero será mejor que no hablemos de ello, pues siento que esto aumenta mi mal de una manera insoportable.

»—Aguarde un momento todavía —volvió a decirme con una calma y gravedad para mí desesperadora—. No le hago sin misterio dichas preguntas, y sí por su bien; porque pudiera ser que en vez de nueve días de exorcismos bastasen tres solamente, caso de que la enfermedad no haya tomado mayores proporciones y adquirido muy hondas raíces.

»—¡Oh, demasiado hondas, señor! —le repliqué—, ¡hondísimas!

»—¡Qué diantre! ¿Por qué no vino usted entonces más antes? Todos los males quieren curarse en tiempo —exclamó casi enojado.

»—No he venido más antes, padre —le respondí poco más o menos en el mismo tono—, porque hasta hoy no se me había ocurrido semejante idea.

»—¡No está mal! ¡No está mal! —dijo el fraile con un sí es no es de socarronería—, y quiera Dios no haya acudido usted demasiado tarde. En fin, no se desaliente por lo que acabo de decirle pues de todas maneras no hacen nunca daño las cosas de Dios. Adviértole, no obstante, que cuanto más eficaz le sea el remedio, más mal ha de sentirse al pronto, porque los espíritus malignos no obedecen los mandatos de arriba sin causar graves daños en los cuerpos que se ven obligados a abandonar. Vaya ahora con Dios, y no falte ni un día a la ceremonia para que produzca el bien deseado.

»Yo hui, más bien que me alejé de aquellos sitios, en un estado de ánimo difícil de describir. Me hallaba humillado a mis propios ojos y, como nunca, falto de toda esperanza. Al salir no pude menos de recorrer con azorados ojos el interior de aquella iglesia, no sombría como suelen serlo las de la ciudad vecina, sino alegre, de plácida luz, espaciosa, templada, y a propósito para consolar de sus miserias a los pobres campesinos que hallan en ella su refugio y santos regocijos, y que creen entrever el cielo cuando en el día festivo, al salir de sus casuchas mal construidas y peor ventiladas, penetran en aquel recinto sagrado, en donde al pie del Cristo humea el incienso, los cirios arden y resuenan los sagrados cánticos de los sacerdotes.

»La luz que desde la alta bóveda bajaba al fondo del templo era confusa y triste por ser también el día nublado y tempestuoso. Hallábanse las naves completamente desiertas, sin que se viese ni un devoto elevando sus preces al altísimo. El fraile y el sacristán hablaban allá al fondo en voz baja, y el ruido de mis pasos era lo único que se sentía resonar de una manera especial en medio del silencio y soledad que reinaba en la iglesia. Mi corazón se oprimió al calor de los recuerdos que en mí se despertaban, y yo no sé si salió de mi pecho, si de otra parte, el suspiro hondo y prolongado que hirió mi oído lastimándolo dolorosamente. Lo que sí te aseguro es que en aquel momento, ella, ella misma, Berenice, se me apareció multiplicándose a mis ojos, como se multiplican los objetos vistos a través del tallado cristal. La vi, ya en este altar, ya en el otro, ya en el lugar que ocupaban las imágenes que en ellos se veneran; la vi orando en cada oscuro rincón del templo, la vi arrodillada en el coro, y, por último, atravesar bajo las oscuras naves y desaparecer por la puerta llamándome antes amorosamente con su mano de marfil. No sé lo que entonces pasó por mí. Sentía a la vez alegría intensa y profundo terror; pero fui en pos de ella deslumbrado y la seguí hasta el bosque, viéndola marchar siempre delante y sin poder alcanzarla jamás, ni tocar siquiera la orla de su vaporoso y blanco vestido.

»¡Y aquello era desesperador para mi corazón! El anhelo y viva ansiedad que de mí se apoderó durante los larguísimos y a un tiempo cortos momentos en que la perseguí a través de la sombría arcada y de las desiertas alamedas, sólo pueden compararse a la dolorosa angustia que nos oprime y atormenta en los malos sueños cuando huimos pesadamente del fantasma que nos persigue, o no podemos correr tras de algo muy deseado que nos huye. Parábase ella en alguna de esas alamedas, como esperándome; después atravesaba el río, semejante a una sílfide, y se sentaba en la opuesta orilla; inmediatamente pasaba a la isla enviándome un beso, y tornaba a atravesar la corriente y a reclinarse un poco más lejos sobre el césped, llamándome y sonriéndome como la traidora esperanza debe sonreír al pie del patíbulo a los condenados a muerte.

»Ignoro el tiempo que pude andar corriendo desatentado y jadeante tras de su sombra; sólo recuerdo que al fin caí como herido por el rayo al pie de un árbol contra cuyo tronco debía herirme quedando sin sentido. Cuando volví en mí hálleme con la cabeza reclinada en blando regazo, mientras una mano que me pareció de mujer por su pequeñez y suavidad restañaba cariñosamente la sangre que por mi frente lastimada corría. No me atrevía a abrir los ojos... Al cabo... ¿habría tenido compasión de mí? ¡Hallábame tan a gusto percibiendo el calor de aquel regazo... el contacto de aquella mano! Mi corazón, no obstante, permanecía helado, mi pulso latía con regularidad, y el dulce perfume de su cuerpo no venía a embriagarme como otras veces... no lo percibía siquiera... Fueme imposible permanecer por más tiempo en semejante incertidumbre. Levanté la cabeza lleno de esperanzas... miré... y, ¡pobre loco!, no era ella. ¿Ni cómo pude suponer otra cosa, cuando mi ser permanecía, si bien a gusto, indiferente y frío? Al levantar los ojos halléme con un rostro casi infantil, hermoso como debió ser la primera alborada que brilló sobre el mundo, y que... ¡coincidencia extraña y cruel!, tenía el tipo, la forma, el color del de mi Berenice. El tinte dorado del cabello, el corte gracioso y fino de la nariz, el verde azulado de los ojos, todo era semejante al suyo, y sin embargo... Pienso que desde aquel mismo instante empecé a sentir contra aquel ángel un odio de mal agüero, porque así profanaba, recordándomela, la imagen sagrada de mi Berenice.

»Aquella niña, que apenas contaría dieciséis años, tenía por sobrenombre Esmeralda, porque, a semejanza de la heroína de Víctor Hugo, era hermosa; y si bien no poseía la habilidad de enseñar a leer a una cabra el nombre de su amante llevaba al pasto un rebaño y vagaba con él por estos campos tan en consonancia con la belleza entre apasionada y dulce de la joven campesina. Huérfana de madre, su padre, tenido por hombre de durísimo carácter, casóse en segundas nupcias con una mujer parecida a él en las malas entrañas. Y como Esmeralda era dulce y tímida, fue bien pronto víctima de la codicia y mala voluntad de quienes la consideraban como un estorbo. Por esto, compadecido el cura de la desventurada niña, y al fin de que dejase de ser pesada carga para el padre, que diariamente la maltrataba, puso a su cuidado seis lindas cabras con sus crías y un centenar de corderos, dándole por su trabajo vestido y cotidiano alimento.

»Bien pudiera callar estos insignificantes detalles, y decirte únicamente que desde aquel día fue ella casi el único ser con quien hube de comunicarme en estas umbrías; pero hallo cierto placer, desde que ha muerto, en recordar cuanto toca a su brevísima historia, ya que el olvido es la manera más dura con que podemos castigar a nuestros enemigos desde que han dejado de existir.

—Noble es tal conducta —dijo Pedro con algo de ironía—; tanto más si te remuerde algo la conciencia por lo que toca a la bella pastorcilla. ¡Apuesto a que al cabo la enamoraste! Un pecadillo más que el Señor no dejará de perdonarte y que yo encuentro de buen gusto, si así te fue fácil ser infiel a Berenice.

—¿Y qué es ser infiel? ¡Encuentro tan ambigua esa frase! No enamoré yo a Esmeralda; ella fue la que, como las flores deben enamorarse del sol, se prendó de mí hasta el punto de que, a pesar de mi constante preocupación, pude apercibirme bien pronto del extremo con que me amaba la pobre niña.

—Y tú ¿habrás sido capaz de permanecer insensible a tales encantos y leal a los dioses enemigos?

—Si en mi inmortal pasión por Berenice hubiese posibilidad de mudanza, sólo Esmeralda, delicada y dulce como la resignación, podría sustituirla en mi alma herida por incurable dolor; pero esto era imposible... Tú verás cómo lo era.

»Cuando aquel día (el primero en que la conocí), regresé a la ciudad, mi mente iba preñada de extrañas y perturbadoras imágenes, y mi pensamiento de sombras a cual más temerosas. Los árboles del bosque con sus desnudas ramas, el fraile con sus conjuros, los enfermos con sus cadavéricos semblantes, Berenice huyendo, Esmeralda sonriéndome, la viuda que para curarme de mi pasión me había revelado aquella misma mañana tantos horrores asesinándome con sus piadosas miradas... todo esto se confundía y amalgamaba dentro de mi conturbado cerebro. Desde aquel día sé lo que es estar loco. ¡Si pudieses comprender cuán horrible era aquello! Creeríase que, como me lo había advertido el buen reverendo, al sentir los malignos espíritus que iban a ser desalojados de mi cuerpo, empezaban a causar en él los temidos cuanto anunciados estragos, indicio cierto de esperanzas halagüeñas y de futura salud para los dolientes. Algo diabólico parecía que moraba dentro de mí, y se retorcía en inacabables espirales, como algunas veces las fingen a nuestros ojos hábiles prestidigitadores. Mis ansias por volver a ver a Berenice, así como mis celos, tomaron repentinamente inverosímiles proporciones, mientras mi corazón y amor propio heridos daban inequívocas muestras de rebelión, inspirándome una sed de venganza que sólo podía ser satisfecha de la manera criminal que el odio unido en híbrido consorcio con el amor me aconsejaban secretamente. Todo cuanto en mi idolatría por ella había de desinteresado, de sublime y de santo, estaba a punto de ser ahogado bajo el peso de las más crueles y aviesas pasiones. Lo primero que hice fue indagar, a costa de los mayores sacrificios, si Berenice vivía, porque la visión de la iglesia y del bosque me hacían temer si habría dejado de existir, si no volvería a verla en este mundo. Hoy ignoro todavía por qué se me representó de aquella manera que tanto me ha atormentado. ¿Quiso decirme «no volverás a verme ya, me buscarás sin que logres hallarme nunca en la tierra»? ¡Imposible! Yo sé que he de estrecharla todavía contra mi corazón; y ahora, hoy menos que nunca, puedo dudarlo. Pero en tanto no llega tan supremo momento, ya que su espíritu calla al presente, todo permanecerá velado.

»Las indagaciones que hice por aquel tiempo, permitiéronme saber al fin que Berenice, como siempre hermosa y aún sospecho que feliz, viajaba en compañía del *yankee*, quien, como se lleva un fardo, se la había llevado a dar una vuelta al mundo. Esto no pudo menos de encender más y más mi cólera contra ellos, porque iban ¡solos!, ¡solos!, a recorrer la tierra, y mis celos tomaron de nuevo un incremento espantoso, siéndome preciso, para desahogar la ira que me enardecía y engañar mis insoportables deseos, lanzarme por todas las sendas del pecado, hacer criminales experimentos, beber en corrompidas fuentes el agua pastosa del hastío y jugar con cuanto había en mí de más puro y noble, como un niño mendigo con sus harapos. Precisamente, semejante vértigo me acometió con mayor fuerza en los mismos momentos en que acudí por espacio de nueve días consecutivos a oír los exorcismos que el fraile pronunciaba cada vez con bárbaro y risible fervor. Ni esto era extraño tampoco, porque la rebeldía de mi espíritu, tratándose de la pasión que por completo le poseía, era tan grande, y de tal suerte las ocultas corrientes que me combatían parecían influir en mi destino, que se hacía poco menos que imposible e ineficaz otro remedio, aun cuando lo hubiese para mí.

»—¿Cómo estamos? —me preguntó algún tiempo después el buen fraile—. ¿Vamos mejorando? Porque si el mal persistiese —añadió— (y se me antoja que sí) volveríamos *contra ellos* con todo el poder que el Señor nos ha otorgado. Haylos, sin embargo, tenaces, y que se resisten (quizá obedeciendo a altos designios de la Providencia) a abandonar su presa, aun cuando se usen con ellos remedios supremos. En este caso, amigo mío, es fuerza resignarse, como a un castigo que acaso merecemos, al mal que nos aqueja; porque no se pueden contrarrestar las corrientes que vienen de lo alto, y lo único que resta que hacer al enfermo es ponerse a bien con el Todopoderoso, hacer vida ejemplar y esperar humildemente la muerte, ya que, con maleficios o sin ellos, nadie ha de verse libre de sus garras.

## Capítulo III

—Proseguí, sin embargo, volviendo al bosque, pues como cosa de milagro tornara a familiarizarme con cuanto allí había sido en otro tiempo grato a mi corazón. Tras de las locuras a que solía entregarme en la ciudad, venía aquí, como quien dice, a reparar mis fuerzas y a saborear el recuerdo de mis abominaciones y venganzas. Bajo la sombra de estos robles hallaba siempre a Esmeralda, que me salía al paso los primeros días en que nos conocimos para preguntarme cómo iba de mi herida y después por el estado de mi salud; porque aquella pobrecilla se había empeñado en creerme enfermo a pesar de que nunca me oyó quejar de cosa alguna.

»Me parece haberte dicho que me había vuelto repentinamente poco menos que perverso. Tan cambiado y tan fuera del centro en que había vivido me encontraba que me desconocía a mí mismo. No acertaría, por lo tanto, a explicarte cómo dejé que Esmeralda llegase hasta mí, ni qué maneras y lenguaje pude emplear con aquella muchacha que no parecía campesina ni por lo delicado de su belleza, ni por el señorío de sus maneras, ni por la calidad de sus sentimientos. Lo que sí comprendí desde luego, pues era como vaso en que todo se transparentaba, fue que sentía hacia mí una de esas atracciones fatales que nos llevan tras de un ser dado, como la corriente lleva a la hoja marchita hacia el mar, y el viento la arista hacia el río.

»Hasta ignoro la hora y el día en que empecé a hacerla cómplice de mis iniquidades, porque el estado de sobreexcitación en que me encontraba era de esos que no nos permiten recordar los casi irreflexivos actos a que se entrega el hombre a quien las furias infernales tocaron con sus manos. Como aquellos a quienes la embriaguez producida por la cerveza sume en un estado de sombría exaltación, poseíame de continuo secreta saña contra todo ser viviente, siendo aquella en quien me vengaba con mayor crueldad de mis no interrumpidas decepciones la pobre y enamorada niña que, recordándome a Berenice, enconaba mis heridas tornándome duro, extravagante y brutal con ella.

—¡Eso es inaudito! —exclamó Pedro.

—No; muy propio quizá de nuestra defectuosa naturaleza. Ninguna compasión, ningún respeto me inspiraban entonces ni su humildad de corderillo, ni su casi infantil candor, porque en la vida a que desde hacía algún tiempo venía entregándome había aprendido a despreciar a las mujeres. Me inspiraban profunda aversión las amaestradas en amorosas lides, y tedio y aburrimiento las que eran todavía como cerrados y virginales capullos. En éstas me parecía insoportable lo que yo llamaba su imbécil candidez y su insípida inexperiencia, y en las otras érame odiosa la gazmoñería de las unas y la impertinente jactancia que de sabias y experimentadas hacían las demás. Ninguna, absolutamente ninguna, había logrado disipar ni por un momento mis eternas tristezas. En cambio todas me parecían odiosas, y Berenice, más irreemplazable, más divina que nunca, se me representaba entonces avivando en mi corazón aquellos deseos inmortales que por ella me consumían.

»Precisamente, y acaso para mayor castigo mío, era Esmeralda la que en aquel mismo bosque, testigo un día de mi felicidad, me la recordaba de un tan doloroso modo, que era para mí en ocasiones un verdadero tormento el permanecer a su lado, pues había algo en aquella criatura que me atraía, y algo que me la hacía aborrecible, ya que al tocarla encontraba en ella el desconsuelo, la nada, el vacío.

»—¿Por qué, por qué me la recuerdas tan vivamente, si entre tú y ella media la inmensidad? ¡Si ella es el complemento de la celestiales dichas, y tú sólo lodo y podredumbre!

»Así prorrumpía yo algunas veces lleno de cólera y arrojando con dureza lejos de mí a la desventurada Esmeralda, cuando por un movimiento irreflexivo había caído en la tentación de manchar con mis labios su frente de niña. Lloraba ella entonces en silencio llena de desconsuelo, aun cuando no comprendiese ni midiese bien el alcance de mis salvajes acciones, pero bien pronto, si la llamaba de nuevo y la permitía tocar mis vestidos o besar mis manos, la alegría tornaba a su pobre corazón y se enjugaba el llanto cual si jamás hubiese corrido de aquellos cándidos ojos lágrima alguna.

»¿Por qué no me despreciaba? ¿Por qué no me odiaba y huía de mí para no volver más? Es que el destino, la fatalidad, la desgracia, la habían ligado a mí con inquebrantables lazos y héchola mi esclava sin que me importase, ni ella se diese verdadera cuenta del por qué y cómo me amaba, perteneciéndome en cuerpo y alma como yo a Berenice... ¡Oh, eterna lucha de la vida! ¿No hay algo en esto que amedrenta, que la razón no puede medir y que hace pensar en la realidad de otras existencias mejores, ya que en ésta estamos condenados a ir de continuo en pos de lo que nos huye y a huir de lo que nos busca? Aquella niña quería beber en mi boca la muerte y aborrecía en brazos de otro la vida.

»Un día vine precisado a abandonar Compostela; mi buen tío el sacerdote, que desde mi temprana orfandad me sirviera de padre cariñosísimo y de excelente y sabio amigo, me llamaba, como quien dice, desde las puertas del sepulcro. Tan pronto Esmeralda tuvo noticia de mi inevitable partida, su sorpresa y desconsuelo fueron inmensos, tanto que llegó a causarme verdadera inquietud. Sin duda ella no había pensado jamás que pudiese llegar un momento en que tuviésemos que separarnos. Acostumbrada por espacio de un año a la felicidad de verme diariamente, no se cuidara del nebuloso porvenir, tan incierto para todos, y dormida en su lecho de rosas ni siquiera se había atrevido a pensar que las rosas tienen también agudas espinas que hacen derramar sangre al que las arranca del rosal. Como atontada, resistíase a creer que yo iba a partir y dejarla, y sólo cuando vio que la decía adiós e iba a quedarse sola, fue cuando, poseída de una especie de frenesí, se agarró con fuerza a una de mis manos exclamando: «Pero es verdad, ¡pobre de mí! ¿Y qué voy a hacer yo ahora? No; no puede ser, no me deje usted, porque me moriré de pesar».

»Había tal acento de verdad en aquellas frases y tal aflicción se revelaba en el rostro de la inocente criatura, que me vi obligado a prometerla que la escribiría y que volvería muy pronto. Esta esperanza pareció darla algún ánimo; empeñóse en regalarme un escapulario que traía consigo y tenía en grande estima, a fin de que la Virgen María me librase en el camino de todo peligro, y después de verme obligado a permitirla que me besase repetidas veces las manos pude al fin alejarme dejándola bañada en llanto.

»Cuando llegué al lado de mi buen tío, comprendí que la vida se extinguía aprisa en aquel cuerpo ya casi inerte, y no pude ocultar el profundo disgusto que se apoderó de mi ánimo; con él perdía el único ser que se interesaba por mí en la tierra.

»—No te aflijas —me dijo con cristiana resignación al notar mi pena—, la muerte es el término natural de la vida humana, y a mí, hijo mío, empezaba a hacérseme necesaria por ser ya el único remedio que pueden tener mis padecimientos. Por fortuna te dejo hecho un hombre, lo cual en cierto modo me tranquiliza; mas, para que pueda morir completamente en paz por lo que se refiere a tu porvenir, tengo que pedirte un favor que espero has de conceder a quien, después de haberte servido de padre, no quiere partir para la otra vida sin cumplir los deberes que para contigo se ha impuesto.

»Calló unos momentos, y estrechando después entre las suyas una de mis manos, añadió con un acento que jamás olvidaré:

»—Luis, han llegado a mi oído noticias por demás tristes, y que acusan en tu carácter y conducta, antes poco menos que intachable, un cambio que me llena de sobresalto y pesadumbre. Voy a morir, y como amigo primero, y como sacerdote después, te suplico que me abras tu corazón, y hagas a este pobre agonizante una sincera confesión de tus culpas, un ingenuo relato de tus más íntimos secretos. Quiero saber qué áspid ha podido picar en lo más hondo de las entrañas a mi niño mimado y emponzoñar de tal manera su limpia y generosa sangre. ¿Quién sabe, además, si este moribundo podrá hallar remedio a tu mal?

»Al oír esto, hundí la frente entre las ropas del lecho de mi tío, no levantándola hasta que me hallé decidido a satisfacer aquel único deseo del hombre a quien yo quería como a un padre. Todo... todo se lo confesé. ¡Y cuán saludables no fueron para mí los consejos de aquel justo, que con un pie en el sepulcro parecía hablarme desde la eternidad el lenguaje de las supremas justicias!

»Yo hablé mucho, él aún más, y después de revelarme grandes misterios, que me hicieron entrever las celestes esferas, concluyó diciéndome:

»—Pero no sólo es preciso, Luis, que renuncies a tus horrendos extravíos, sino también a ella. Pertenece a otro, y en semejantes casos el solo deseo, si es consentido por la voluntad, es verdadero crimen que Dios castiga con mano inflexible.

»—¡Renunciar a ella, señor! —exclamé con cierta sorpresa—. ¿Acaso no me he explicado bien, o usted no ha podido comprenderme? ¡Renunciar a ella...! ¡Como si eso me fuese posible!

»—Demasiado que te he comprendido —repuso el anciano con dulce severidad—, pero precisamente el mayor mérito que podemos presentar a los ojos de Dios es haber combatido nuestras malas pasiones. La vida no es otra cosa que una continua guerra contra nosotros mismos, caso de que no queramos sucumbir bajo la fuerza poderosa del mal y atraer sobre nuestras cabezas las iras celestiales. Si nos dejamos llevar de violentos deseos que nos tienen en desvelo incesante e inquietud perpetua, ¿cuál podrá ser el término de nuestra fatigosa carrera? El abismo, porque el hombre es un ser complejo a quien nada puede satisfacer ni llenar cumplidamente en la tierra, y que quiere más siempre, a medida que le dan más. Deja, deja ya de pasar los días ocupándote de un solo ser tan falible, tan terreno y tan mezquino como tú mismo; deja de despreciar a los demás por esa mujer que no es hecha de mejor barro que nosotros y de colocarla en el trono altísimo en donde sólo Dios tiene puesto legítimo; porque todo eso es pura impiedad y ciega idolatría que atraerá sobre tu cabeza tremendos castigos. ¿No has visto cómo te ha herido de repente la mano oculta y vengadora, destruyendo de un golpe aquella felicidad que creías eterna y que fue más breve que un soplo? Y no; no fue ella la culpable, ya te lo dije; secreto poder tocóla en el corazón para castigo tuyo y endureció sus entrañas a fin de que hiciese ludibrio de tu insensato amor. Aún es tiempo, pues, de que te arrepientas y vuelvas en ti. Te dejo por mi único heredero, y te aconsejo, y aun mando, que a lo adelante emplees tu tiempo en llevar a cabo alguna obra humanitaria y útil en este país en donde naciste, y tanta falta hacen hombres generosos que olvidando el propio bienestar sepan sacrificarse en aras de la común felicidad. Mucho has pecado, y mejor que llorar tus culpas con estériles lágrimas es que procures redimirlas, dedicándote a enjugar las ajenas.

»Muchas más cosas me dijo mi buen tío en tanto sus fuerzas no se extinguieron por completo, pero cuando llegó el supremo momento, antes de que empezase la agonía, hízome arrodillar al pie de su lecho y con voz casi ininteligible me dijo:

»—¿Me prometes, Luis, aquí, delante del Dios crucificado, renunciar a esa mujer?

»Al oír semejante pregunta empecé a temblar y permanecí mudo.

»—Para que tus padres se regocijen en el cielo, para que yo pueda morir en paz, prométeme, Luis, lo que acabo de pedirte. Es lo justo y lo necesario —volvió a decirme con un acento que me dio miedo, pero proseguí guardando silencio; un nudo me apretaba la garganta. Mi tío, haciendo un esfuerzo, levantó entonces la cabeza y me miró... me miró fijamente con sus ojos vidriosos y medio velados por la muerte. En aquel momento sentí como si algo se hubiese roto en mi pecho y estrechando entre las mías las manos del moribundo exclamé:

»—¡Perdón... perdón, señor, pero no debo mentir en este instante solemne! Me siento con fuerzas para renunciar a todo interés mundano, a toda ventura, hasta a la gloria eterna... pero a ella, señor, no puedo... ¡Dios lo sabe! ¡A ella no renunciaré jamás!

»La cabeza del anciano volvió a caer desplomada sobre la almohada, y con agonía y abatimiento murmuró:

»—No has querido engañarme, y has hecho bien porque sería una doble falta en estos instantes... pero... ¡desdichado!, tiemblo por ti... Que el Señor tenga compasión de tu alma extraviada y te perdone... como yo te perdono. Deja que te eche mi... bendición —y expiró momentos después.

»No, Pedro, no tuve valor para mentir en presencia de Dios, que leía desde lo alto en mi corazón, y de la de un moribundo que bien pronto iba a saber también mi falsedad si le hubiese prometido lo que no me sentía capaz de cumplir. ¡Renunciar a ella...! Imagínate que la viese aparecer delante de mí... ¡Dios poderoso! Sólo el pensarlo me trastorna y enloquece... renunciar a... ¡imposible...!, ¡absolutamente imposible! ¡Ni imaginarlo siquiera!

»Causóme, sin embargo, hondísima impresión aquella escena, así como cuanto mi tío me había dicho y aconsejado antes de morir, pues desde entonces (pronto hará de esto un año) di principio a una nueva vida de regeneración, ya que no de verdadero arrepentimiento en cuanto se refería a la incomparable y única mujer que no podía ni puedo arrojar de mi alma ni dejar de desear como los condenados el cielo. Vuelto en mí, como el que despierta de un mal sueño, abandoné de golpe la revuelta existencia en donde tan inútilmente me había manchado, y me propuse, por medio de buenas obras, desagraviar al cielo y a los hombres de las ofensas que les había hecho.

»¡Qué horrible peregrinación no había venido haciendo a través de aquellos escabrosos caminos y torcidas sendas en compañía de desconocidas mujeres, las unas pervertidas ya, otras que yo pervertía sin escrúpulo ni miramiento alguno! ¡Y todo para que el recuerdo de Berenice me fuese cada día más querido, y se hallase su imagen más identificada que nunca con mi ser! La misma Esmeralda, por fatalidad tan parecida a ella, tan cariñosa de suyo, ¡cuánto no había contribuido a recrudecer mis dolores! Unas veces me amargaban y producían hastío sus besos, otras sus manos rescaldaban con su calor las mías, o me hacían crispar los nervios con su contacto. Imagínate lo que sentirías si creyendo que ibas a posar tus labios sobre una tibia y sonrosada mejilla, te hallases con el hielo y la rigidez del rostro de un cadáver, y podrás formarte una idea aproximada de lo que comúnmente me sucedía con ella. ¿Para qué proseguir aquella lucha estéril que a nada conducía, como no fuese a aumentar mis sufrimientos?

»Cuando después de muerto mi tío regresé a Compostela, lo hice llevando el firme propósito de dejar libre de mi adusta, insoportable dominación, a la pobre Esmeralda, a fin de que la paloma aprisionada pudiese tomar, si acaso, más noble vuelo y quedase así más sosegado mi espíritu.

»Al volver halléla como siempre, guardando su rebaño, pero tristemente sentada sobre la hierba y con el rostro tan demudado y marchito que no pude dudar que debía de haber sufrido y llorado mucho durante mi ausencia; podría comparársela a una lozana planta, a la cual de repente la hubiese faltado el aire y el sol. Pero cuando me vio aparecer por entre los árboles y ella me vio, fue tan intensa su alegría que un sentimiento de piedad selló mis labios, temiendo a que las lágrimas volviesen a brotar de aquellos ojos que el reflejo de la felicidad acababa de reanimar. Habléla cortos instantes sin mirarla apenas (porque suelen entrañar gran crueldad ciertos arrepentimientos tardíos que en el fondo obedecen por lo común el más feroz egoísmo) y diciéndola que a la mañana siguiente me esperase en aquel mismo lugar, la dejé para subir al convento a visitar al cura.

»Una vez que la herencia de mi tío unida a la que me dejaron mis padres me convirtiera en hombre rico, antojáraseme asegurar el porvenir de Esmeralda y llevar a cabo mi pensamiento con beneplácito del buen sacerdote, en cuyas manos no tuve inconveniente en depositar para ella, por si llegaba a casarse, una pequeña dote, y en caso contrario y desde aquel mismo día, lo bastante para que con arreglo a su estado pasase el resto de su vida sin ningún género de privaciones y en un modesto bienestar.

»Hecho esto y tranquilizada en parte mi desasosegada conciencia, acudí al otro día al lugar de la cita con la firmeza de quien para combatir algún oculto peligro hubiese ya salvado el peor de los escollos. Hallábase la pobre niña esperándome, risueña como la felicidad, cuando me acerqué a ella y la mandé sentarse a mi lado. Latiéndole el corazón de alegría y mirándome con sus ojos de paloma como si mirase a Dios, obedeció gozosa, cual si esperase oír de mis labios alguna dulce frase no murmurada a su oído mucho tiempo hacía. Pero yo di entonces comienzo a un discurso que escuchó en un principio absorta, procurando entender lo que yo quería decirla, y después con instintiva inquietud que iba creciendo de una manera poco tranquilizadora.

»—En resumen, Esmeralda —concluí diciéndola, decidido a entrar de lleno en lo más arduo de la cuestión— ya comprenderás que no puedo ser tu marido, y no porque me hiciese vacilar en ello lo humilde de tu condición, siendo como eres una joven de delicados instintos y corazón sensible, sino porque amo a otra, la amo con toda mi alma, con todas mis fuerzas y para siempre, y nuestra unión sería por lo tanto un germen de perenne desventura. Fuelo asimismo para ti en cierto modo el que me hubieras conocido, mas ya que esto no tiene remedio procuraremos subsanar los pasados yerros enmendándonos y tomando por menos torcidas sendas que las que hasta el presente hemos recorrido juntos. Separémonos, pues, cual nos lo ordena el deber; olvídame y vive segura de que en adelante ya nada faltará a tu bienestar, pues queriendo darte la última prueba de la estimación que me mereces, te he señalado una pensión vitalicia que te permitirá pasar con holgura tu juventud y tu vejez.

—Es decir —repuso Pedro, con aire meditabundo y acentuando sus palabras—, que en cierto modo usaste con la pobre Esmeralda un procedimiento parecido y acaso más cruel que el que Berenice usó contigo.

—Así es la verdad —añadió Luis, sonriendo con cierta amarga ironía—, y no ciertamente porque así lo hubiese yo querido, sino porque parece que en este mundo tiene que cumplirse fatalmente la ley, a veces terrible, de las compensaciones ya que no la de las represalias, viéndose como se ve al nieto pagar el crimen que cometió el abuelo, y a un inocente sufrir bajo el poder de tu mano airada el suplicio con que otro también injustamente te ha atormentado. Y venimos a ser así tan pecadores, tan culpables como aquellos a quienes por su crueldad con nosotros hemos apostrofado y maldecido.

»Buenamente aconsejaba yo entonces a la pobre niña aquel necesario arrepentimiento de nuestras faltas, y se lo aconsejaba porque no podía amarla, encontrando por esto mismo inmoral lo que de otra manera hubiera creído poco menos que natural y justo. Hallábame yo entonces firmemente empeñado en llevar a cabo aquel acto de reparación y arrepentimiento que tan poco me costaba, por lo cual, puede decirse, que desahucié con verdadero ensañamiento a la infeliz llegando en el rigor de mi cruel puritanismo hasta el extremo de arrancarla toda esperanza.

»Porque, pensaba con sobra de cordura —y sin acordarme de que por medio de tan radicales procedimientos usados por otros conmigo había estado a punto de perder la razón y la vida—, que los grandes males necesitan grandes remedios, y que los paliativos sólo son buenos y a propósito para los sentenciados a muerte, para ver si acaso de alargarles un día más la trabajada existencia que les es tan cara.

»Tan pronto aquella desdichada y sensible niña acertó a penetrarse de que lo que yo la proponía era nuestra inmediata y eterna separación, apenas si llena de estupor pudo balbucear algunas ininteligibles frases. Diríase que se había vuelto repentinamente estúpida, o que una instantánea parálisis acababa de apoderarse de aquel hermoso cuerpo lleno de juventud y de vida.

»—¿Qué es esto, Esmeralda? —la dije entonces sacudiéndola por un brazo con dureza—, ¿qué te sucede? Digámonos adiós, hija mía, ya que las largas despedidas alargan asimismo los padecimientos de los que se separan. Yo salgo de Santiago esta misma tarde y no puedo malgastar el tiempo que necesito para terminar el arreglo de mis asuntos.

»Y después de apretarla la mano en señal de despedida, di algunos pasos para alejarme; mas despertando ella entonces del entorpecimiento que la tenía embargado el sentido, se abrazó fuertemente a mis rodillas exclamando:

»—No, no es posible, ni es verdad nada de cuanto acaba usted de contarme. Usted no se va y volverá aquí mañana como siempre, para que yo le vea, o iré yo adonde usted vaya, porque si no me moriré de pena, y de morir quiero morir así, abrazada a sus rodillas y arrastrándome a sus pies como un perro.

»Sorprendióme desagradablemente hallar en aquella niña una resistencia que no esperaba, y si bien me conmovió al pronto su desesperación, como si yo no me hubiese sentido agonizar de amor en un caso parecido, me dije: «Impresión es ésta del momento y que pasará bien pronto. Es niña, al cabo, ignorante aunque sensible, rústica pese a sus instintos... Es fuerza, pues, cortar el mal de raíz y no dar lugar a que tome incremento su dolor. ¿Qué entiende ella... qué puede alcanzársele de estas pasiones que matan? Acabemos».

»Y entonces volví a decirla, mientras procuraba levantarla del suelo:

»—Vamos, criatura; deja de delirar. ¿No ves que lo que tú quieres es imposible? ¿Que si me fuese fácil acceder a tus súplicas sería en tu mal y no para bien tuyo como crees? No vales tan poco que no merezcas vivir amada al lado de otro hombre y no de rodillas a mis pies. De rodillas sólo se debe estar delante de Dios. ¡Ea!, sé razonable y déjate de inútiles lloriqueos.

»¡Pobre Esmeralda! Yo no sé cuántas cosas la dije de esas con que la adusta razón desgarra las almas apasionadas y heridas por el desdén, la ingratitud y el despego de aquellos a quienes aman como a único bien.

»Después, dándole un abrazo ceremonioso y frío como el olvido, procuré desasirme con fuerza de sus brazos; pero no pude lograrlo, porque se negaba por completo a soltar mis rodillas. Fatigado entonces por tan estéril lucha, que empezaba a parecerme ridícula, dando a mi acento toda la dureza que me fue posible, la dije de nuevo:

»—¡Aparta, muchacha! ¿Quieres que te lastime? Deja de ser importuna y piensa en que te he advertido lealmente que todo acabó entre nosotros porque no te amo... porque amo a otra. ¿No debiste tú misma conocerlo? ¿No me has visto despreciarte mil veces a pesar mío? Pues ya es tiempo, niña, de que te respetes a ti misma, ¡déjame partir! He hecho en bien tuyo lo que pude hacer. Adiós.

»Y arrojándola con fuerza lejos de mí, salí del bosque sin mirarla ni volver atrás la cabeza.

»¡Qué extraña naturaleza es la del hombre...! No llevaba yo intención de alejarme de Santiago; precisamente todos mis planes debían y deben realizarse aquí, y, por otra parte, me hallaba como nunca apegado a la ciudad, en donde tanto había amado y sufrido, en donde cada calle, cada piedra y cada árbol me hablaban sin cesar de Berenice. Pasado lo agudo del dolor, ese mismo dolor volvió a ser mi único y querido compañero; me complacía, llevándolo dentro de mí, en visitar los lugares que con sus recuerdos le avivaban. Por otra parte, aquí esperaba (y espero) volver a verla, lo cual me impedía en absoluto alejarme de la vieja Compostela; pero se me ocurrió hacerle creer a Esmeralda que partía, por si ésta caía en la tentación de buscarme. A fin, pues, de que no dudase que me había ausentado, y dejando de verme perdiese todo esperanza, hice propósito de no volver al bosque en algún tiempo.

»—Es el amor algunas veces cuestión *de presencia* —me decía yo—, y más pronto me olvidará cuanto menos me tenga delante de sus ojos.

»Hallábame, pues, decidido a huirla y evitar el hallarla en parte alguna, ya que la violencia con que me había demostrado su apasionado cariño el día de nuestra separación me produjera cierto disgusto, que aumentó mi despego hacia ella, dejándome comprender que en adelante ya no me sería posible hablarla sin sentir una de esas repulsiones invencibles que llegan a ahogar en el voluble espíritu toda conmiseración hacia nuestras víctimas, algo, en fin, que así nos separa del objeto que instintivamente nos repugna como nos aproxima al que amamos. Sí, Pedro; desde aquel día en que dejé de ver a Esmeralda, mi corazón pareció respirar más libremente y me entregué por entero a la adoración de Berenice, como el devoto que, después de confesadas sus culpas, cree encontrarse en comunicación más íntima con Dios. Arrepentido de mis faltas, como si ella fuese el único bien terrenal e infinito que el cielo me tuviese reservado en mi más allá, me propuse esperarla y hacerme digno de ella a los ojos del Eterno por medio de la paciencia y de la resignación. Fue entonces cuando resueltamente formé, respecto de este convento que me oíste llamar mío, los proyectos que espero hemos de ver pronto realizados... ¿Por qué no he puesto ya la primera piedra y echado los cimientos de mi obra? ¡Yo sólo soy el culpable y siento por ello intranquila, muy intranquila la conciencia...!, pero, dejemos ahora esto.

»Un mes había transcurrido desde que dijera ¡adiós! a Esmeralda, y ya ardía en vivos deseos de visitar este bosque, ya sentía la nostalgia de mis flores, de mi río y de mis pájaros. Me parece que era por el mes de marzo, y como brillasen la luna y el sol de la manera que despierta más vivamente en mi alma queridos recuerdos, acometióme la tentación de encaminarme hacia estas umbrías, por lo que, sin poder vencer mis deseos, aun a trueque de exponerme a tropezar con Esmeralda, salté del lecho y en menos tiempo que el que tardo en decírtelo me vestí con objeto de dirigirme a estos lugares. Pero cuando abrí la puerta interior para bajar la escalera, hube de lanzar una exclamación de desagradable sorpresa y detenerme a mi pesar. En el último peldaño hallábase Esmeralda en pie, con su refajo color lacre, con su pañuelo de algodón, que, anudado sobre la cabeza, hacía gracioso marco a su rostro, y con el mandil de cenefa verde y fondo negro, encima del cual blanqueaban las limpias mangas de su camisa de lino. Inmóvil, y con los ojos clavados en los míos, empezó a mirarme... a mirarme... ¡Dios mío! ¡Si la vieras, Pedro! De una manera que me helaba la sangre en las venas... Y al mismo tiempo que me miraba así sonreíase enseñándome los dientes, que no eran tales dientes, pequeños y blancos como ella los tenía, sino astillas de huesos, puntiagudas y largas, que me parecía iban a herir sus labios sonrosados.

»No me atreví a dar un paso, y como si me hubiesen clavado en el primer descanso de la escalera, osé preguntarla al fin:

»—Esmeralda, ¿qué me quieres, y por qué me miras de esa suerte? ¿A qué has venido?

»Ella guardó silencio y prosiguió mirándome con aquellos ojos, ¡ay!, ¡que no olvidaré jamás!

»—Esmeralda —volví a exclamar con voz trémula—, Esmeralda, háblame, dime lo que quieres, pero no me mires... no me mires porque me das miedo.

»Y como pareciese no oírme y con su inmovilidad de fantasma me causase cada vez mayor espanto, haciendo un poderoso esfuerzo de voluntad bajé en dos saltos los escalones murmurando:

»—¡Yo te haré hablar!

»Pero cuando llegué al portal ya había desaparecido, y en vano miré a lo largo de la calle y registré en todas partes. ¿En dónde se había ocultado? No pude adivinarlo. ¿A qué había venido? ¿Y aquellos ojos? ¿Y aquellos dientes...? Y, sin embargo, era ella. ¿Qué significaba todo aquello?

»La encontraré, me dije, aun cuando haya de ir a buscarla a su propia casa.

»Y tomé a todo andar hacia Conxo, por más que a cada paso que daba mi cuerpo se estremecía y mis pies parecían negarse a ir más lejos, helándome repentino frío como si una ventisca del San Gotardo me envolviese en sus heladas ráfagas. No tardé en comprender la causa de tan extraña como violenta emoción, presentimiento o como quieras llamarle, pues desde lejos distinguí a la puerta de la casucha en donde habitaba Esmeralda el negro pendón que acompaña a los muertos a la última morada, un sacerdote, algunas luces y mujeres que se mesaban los cabellos llorando a gritos. Sobresaltóse mi corazón que latió a toda prisa y dando un largo rodeo fui a colocarme en acecho tras de un paredón ruinoso, temiendo, no sé por qué, a que aquellas gentes, si llegaban a verme, me señalasen con el dedo.

»No tardó en aparecer a mis ojos el ataúd en el cual cubierto de flores iba el cadáver de Esmeralda, que tres hombres conducían al cementerio. Yo no sabía lo que por mí pasaba. Si había muerto ¿cómo acababa de verla al pie de la escalera de mi casa? ¿Ni cómo llena de juventud, de vida y de hermosura, había podido sucumbir tan pronto? Sentí vehementes deseos de acercarme a su inanimado cuerpo para interrogarla, imaginándome que sus cárdenos labios habían de decirme todavía cuando pusiese mi oído sobre ellos: «Estoy viva, esto no es más que un sueño».

»A pesar de que la visión primero, y el cadáver después, habían como paralizado todas mis facultades, una voz interior me acusaba y llamaba a grandes gritos asesino de aquella niña que la desgracia había hecho mi esclava. Una misteriosa fuerza me obligaba a seguir el fúnebre cortejo, pero de lejos, a gran distancia de los demás, como los traidores, cuando siguen hasta el patíbulo a aquellos que han vendido y entregado en manos del verdugo. Cuando llegó el momento en que iban a enterrarla y comprendí que no volvería a verla más en este mundo, me aproximé a la caja mortuoria, y contemplé, a pesar mío, aquellas facciones cuya gracia la muerte no había podido borrar.

»—Porque... ¿por qué no la he amado? —me pregunté como si delante de mí acabase de descorrerse un tupido velo.

»Pero fue aquello igual que pasajera ráfaga que apenas se siente cuando ya ha pasado. Allí, allí mismo, ante mi víctima, la imagen de Berenice, llena de gracias inefables y de terrenos encantos, vino a interponerse entre la muerta y yo, como esas gruesas nubes tempestuosas se interponen muchas veces en las noches de verano, entre la tierra y el pálido astro que nos presta su luz, cuando las sombras quieren reinar sobre el mundo. Yo, sin embargo, seguía contemplando el semblante marmóreo de mi pobre muerta cuando di un paso hacia atrás porque me pareció que volvía a mirarme con aquellos ojos que tanto me habían espantado y a sonreírme enseñándome aquellos dientes puntiagudos y medio destrozados que no eran los suyos.

»—¡Ha movido los labios! ¡Ha levantado los párpados! ¡Está viva! ¡Está viva!

»Así exclamaron de golpe a mi alrededor, mientras unos huían llenos de miedo y otros se inclinaban con ansiedad para ver de cerca el cadáver.

»Bien pronto reinó entre los que le rodeaban, mujeres en su mayor parte, gran confusión, y mientras los más rezaban en voz alta fueron otros en busca de un médico a fin de que dijese si aquel cuerpo inerte encerraba algún soplo de vida, puesto que todos aseguraban que habían visto sonreír a la muerta. Pero vino el médico y, burlándose de la credulidad de aquellas gentes ignorantes y visionarias, declaró que la gangrena empezaba a apoderarse del cadáver y que era forzoso proceder en seguida a su entierro. Hubo protestas y gritos, pero el cuerpo de Esmeralda quedó bien pronto sepultado en un rincón del cementerio en donde pienso enterrarme también.

»Después oí el eco sordo y acompasado y amarguísimo de la tierra que caía sobre la caja, y hui refugiándome en casa del cura, de cuyos labios supe al cabo de qué manera rápida y violenta la muerte se había llevado a la hermosa niña. Todo lo que el buen sacerdote me dijo fue bien poca cosa, pues yo sabía más, yo tenía la llave de los secretos dolorosos. Según él, habiendo cambiado de repente el carácter de Esmeralda, pasaba ésta el día y aun la noche escondida en el rincón más oscuro de su choza, sin comer apenas, llorando sin cesar y resistiéndose a salir al campo con el rebaño, así como a hacer las labores domésticas con que en otro tiempo ayudaba a su madrastra. Provocó de este modo el enojo de su padre, quien después de golpearla, pocas mañanas hacía, de la manera más brutal, concluyó por arrojarla a la calle como un mueble inútil. Quebrantada, abatida, llena de aflicción, tendióse la infeliz como quien nada espera ni nada teme al pie del muro de un brañal cercano, y mientras la humedad penetraba en su cuerpo y la herían los rayos del sol, permaneció inmóvil y como muerta hasta que al caer de la tarde unas buenas mujeres hubieron de llevarla de nuevo calenturienta y sin sentido a su casa.

»—Aquí la tiene —dijeron al padre, indignadas—, cúrela y no la deseche, ¡pobrecita! Ella es linda como una estrella. ¿Qué sabe usted si alguna *envidia* se la tiene así? ¡No hubiera pasado esto si viviese su madre!

»Semejantes recriminaciones y consejos no hubieran hecho más que agravar la situación de Esmeralda a haber aquélla vivido; mas ningún daño pudieron causarle con su buena voluntad aquellas sencillas mujeres, porque la tristeza que la consumía, unida al tratamiento brutal de su padre y la enfermedad que la devoraba, la condujo en breves días al sepulcro.

Calló Luis largo rato, si bien parecía seguir una íntima conversación consigo mismo, mientras Pedro, como si se hallase bajo la influencia de una fuerza misteriosa, luchaba en vano para no dejarse arrastrar por aquellas corrientes supersticiosas en que su amigo, sin pretenderlo, le llevaba envuelto.

«No; esto no es mentira en absoluto —se decía—, sintiendo que un sudor glacial inundaba su cuerpo. ¡Hay aquí algo de verdadero que me hace temer y creer en cosas que antes no creía...!».

# Capítulo IV

Pasado breve rato, en un tono que cada vez tenía más de vago y fantástico que de real, pero que resonaba en los oídos de Pedro de una manera tal que le hacía estremecerse, Luis prosiguió diciendo:

—Tras de la muerte de aquella niña, a cuyo fin prematuro contribuí sin duda alguna; tras de la desaparición en la tierra de aquel ángel cuyos albos ropajes manché sin escrúpulo, y cuyo corazón hice pedazos, operóse otro nuevo cambio en mi existencia. Enemigos diversos dieron en combatirme; en la sombra, en el sol, en el agua y en el viento los sentía siempre a mi lado, en lucha consigo mismos y conmigo. Imposible me era huir su invisible compañía. El recuerdo de Esmeralda, así como también su espíritu, bullía entre ellos, persiguiéndome con tan fatídica tenacidad que no podía evocar la imagen de mi Berenice sin que la suya viniera a interponerse entre los dos, sonriéndome de aquella manera terrible con que antes de que su cuerpo reposase en el sepulcro me había sonreído: parece que había querido darme el último adiós, mirando con aquellos ojos sin brillo los abrazos con que mi alma se unía estrechamente al alma de mi amada. Ya muerta Esmeralda, me atormentaba más, mucho más que lo había hecho en vida... ¿Cómo podía ser aquello?

»Acordéme entonces de los malos espíritus en que creía el fraile y de aquellos maleficios, aparecidos y fantasmas, de los cuales nuestros campesinos murmuran en silencio al pie del hogar, mientras el fuego que en él arde templa a la par que alumbra, de una manera a propósito para ver visiones y sombras los supersticiosos, el sombrío interior de sus chozas. Entreguéme entonces con ardor al estudio de las ciencias que aclaran tales misterios, por más que estén tenidas ya por absurdas, así como al de la historia y conocimiento de las supersticiones de todos los pueblos antiguos y modernos, y pude así llegar a comunicarme más que nunca con todo aquello que no se ve, pero que está en perenne contacto con nosotros. Erré de noche por los cementerios; permanecí desde el toque de la oración hasta el toque del alba en el interior de los viejos templos; subí a la cima de las montañas, y me interné en lo profundo de esas cuevas misteriosas, en donde habitan los innumerables espectros del pasado, mezclados los gérmenes en incubación del porvenir. Y al cabo pude convencerme de que la superstición no desaparecerá nunca de la tierra en tanto la habite el hombre, así como existe desde que él ha existido, porque tiene su origen en él mismo, y en algo más también que la razón no podrá nunca medir, como tampoco explicar nuestras aspiraciones eternas hacia lo infinito. Sí, Pedro, nunca desaparecerá entre los que nacieron para morir la creencia de que los que aquí dejaron de ser vuelven algunas veces al mundo en espíritu, y aun que permanecen en él el tiempo que para castigo de sus culpas les envía Dios a vagar por los parajes en donde han pecado. No; no nos abandonan como parece los que aquí han perdido, por medio de la muerte, su corpórea forma, ni nada de cuanto Dios ha criado, como te indiqué ya, puede acabar para siempre.

»Lee un día alguna de las hermosas tradiciones de nuestro país (que tengo guardadas como santa reliquia por hallarse impregnadas de los sentimientos y creencias que animan a nuestro pueblo), penétrate de su espíritu reconcentrándote en ti mismo, y llegarás a comprender en parte lo que te digo; no apelando a la ciencia ni a la fría razón, que son para el caso ciegas y sordas, y como quien dice su antítesis, sino únicamente al sentimiento, que es el único que tiene el poder de comunicarnos con lo que ni se mide ni se palpa y es invisible a los mortales ojos. El incierto reflejo de la lámpara que arde envuelta en la sombra ante el altar; la última mirada de un moribundo; las palabras incoherentes de un loco; el rayo de la luna que hace brillar un arma en el fango, o el canto de un pájaro en la soledad, nos hablan mejor algunas veces de las otras vidas y mundos, en donde se nos espera, que cuanto han escrito todos los filósofos, moralistas y sabios de la tierra.

»Cuando supe todo esto y lo sentí en toda su realidad, ya no pude extrañarme de que Esmeralda se me hubiese aparecido después de muerta, con aquella sonrisa y aquella mirada que encerraban en su expresión algo eterno y tan misterioso como los secretos que guarda la tumba. No; no me extrañó ya... pero ¿dejó de inquietarme? De ningún modo, ¡pobre de mí!, tanto más, Pedro, cuanto que desde que ella ha muerto mi pasión por Berenice, grande, aislada y poderosa como el destino, volvió a abrasarme de la manera más sublime y más criminal al mismo tiempo y aun temiendo a Dios y a los castigos que acaso me están reservados todavía, empecé a hallarme otra vez (y lo estoy aún como nunca) dispuesto a faltar por ella, a trueque de recobrarla en este mundo, a cuanto es en el mundo sagrado para los hombres y para

Dios. ¡Pero qué tormento para mí tan insoportable, ver que se interpone de continuo, entre el espíritu de Berenice y el mío, la sombra de Esmeralda que nos mira con aquella mirada suya que me hiela de terror y hace despertar en mi alma temores y remordimientos crueles! Es que Dios quiere poner así un dedo acusador en mi llaga y despertar mi dormida conciencia. Pero él sabe que desde que Esmeralda ha muerto, ¡tanto llegué a temerla!, intenté arrepentirme... ¿De qué, sin embargo? ¿De ser yo de Berenice? ¿De querer que ella sea mía? Tendría el Supremo Hacedor que destruirme y volver a formarme de otra manera, para que dejase de amarla como la amo y desearla como la deseo. Y siendo ésta en mí tendencia natural, irresistible y ajena a mi voluntad, ¿por qué soy culpable de ella? Y sin embargo... siento que no obro bien abrigando en el alma un afecto, una pasión tan exclusiva, tan ciega, tan inmensa; algo me dice que debo combatir los insaciables deseos, las aspiraciones ardientes que me rompen el corazón, que devoran la vida y parecen roerme las entrañas... que me empujan yo no sé hacia qué oscuros y tenebrosos antros, y me detienen al borde de no sé qué abismos sin fondo. Y este grito de protesta que sale de mí contra mí mismo debe ser el de la verdad. ¿Qué hacer, pues...?, pero ¿puedo yo hacer algo, por ventura, que no sea esperarla y amarla con frenesí? Y yo sé de cierto que he de verla todavía en este mundo, y pronto... muy pronto... ¡Oh, dulce Berenice mía! Mas... empiezo a dudar en cambio si seguiremos unidos en el otro... ¡Y qué horrible temor es éste... ahora que presiento que mi muerte está próxima!

—¿Qué sabes tú de eso? —exclamó Pedro, encubriendo torpemente la inquietud que a su pesar sentía, porque aquella tarde no tan sólo llegó a parecerle su amigo un ser de los más interesantes y extraordinarios, sino que en tales momentos creía encontrar en él un no sé qué de sobrenatural que le asombraba, que le causaba miedo y estupor.

En efecto, el semblante de Luis tenía entonces algo de esa expresión vaga y azorada que se nota en el de algunos agonizantes. Su belleza había tomado como un tinte fantástico que hacía estremecer.

—Tengo presentimientos que me asustan —añadió con voz tenue pero lúgubre—. Algo grande, inesperado, acaso terrible va a pasar en mi existencia... y... tiemblo... ¿no lo observas? No es precisamente de miedo, sino de inquietud, de emoción, de impaciencia... quisiera que desde este instante dejase de transcurrir el tiempo y desearía asimismo que en un momento hubiesen pasado siglos de siglos... La muerte es un sueño... Pero, si parto para la eternidad, ¿iré solo o con ella? No, no quiero ir solo, porque Esmeralda está esperándome allá; como yo tendré acaso que esperar después a Berenice... Mi pensamiento se confunde, tú no puedes medir todo lo que hay de horroroso para mí en esta incertidumbre cruel... sufro... sufro mucho. ¡Ah, siempre lo mismo! El hombre con toda su ciencia y su razón, con todos sus presentimientos y adivinaciones, con toda la luz de su inteligencia, en fin, es y será siempre incapaz de penetrar en el fondo de tales misterios.

Calló Luis, mientras el más negro desaliento parecía haberse apoderado repentinamente de su ánimo. Momentos después, sin embargo, con acento más vivo, con vehemencia casi, añadió:

—¿Será tiempo todavía? La conciencia me acusa de no haber cumplido hasta ahora, ¡imperdonable criminal incuria!, la voluntad de mi buen tío y la mía propia. ¡El manicomio...!, ¿lo entiendes? He ahí en lo que emplearé parte de mi fortuna; porque aquí fui dichoso, aquí he sufrido y aquí he asesinado y estuve a punto de perder la razón a fuerza de delirar y de padecer. ¡Pobres dementes! ¡Tener que dejarles vagar errantes por calles y caminos, hambrientos y desnudos, o arrancarles de su hermoso país para llevarles a más ingratos climas, entregándoles a extrañas manos, sin que los que les aman puedan velar por sus tristísimas existencias! ¿Y por qué sucede así, dime? ¿Por qué ha sucedido ayer, sucede hoy y seguirá sucediendo mañana? Escucha, y no te olvides de mis palabras después que yo haya muerto, ya que lo que voy a decirte es la verdad amarga y desnuda que podrá herir, pero nunca maltratar. Sucede eso y otras cosas peores todavía, porque el egoísmo individual ahoga en germen entre nosotros todo entusiasmo, y seca en flor todos los propósitos; porque la gloria de los demás nos estorba y nos es agradable nuestra pequeñez, porque queremos ser únicos y nos ofende lo que los demás hacen y nosotros dejamos de hacer; en fin, porque nos agrada que todo lo que nos rodea sea cortado por igual, y ¡ay del que sobresale sobre los demás! Pero yo, Pedro, yo que soy ajeno a todo temor, mirando a Dios y no a los hombres, voy a intentar el imposible, a iniciar nuestra necesaria regeneración. Soy rico, y por lo tanto no se cerrará ninguna puerta para mí, hablaré cosas que nunca hasta ahora se han dicho, y emprenderé contento y resignado el camino de mi nuevo calvario, ¿por qué no? Acaso así logre ahogar en parte estos secretos impulsos que me llevan y me traen, de lo imposible a lo que no puede ser. Y Conxo será lo que yo quiero: refugio de almas como la mía, agobiadas por incurables dolores, lugar de quietud para gentes que, como yo, amen estas hermosas alamedas y estos campos siempre frescos y sonrientes.

Al hablar de esta manera el rostro de Luis había ido poco a poco reanimándose y transfigurándose como debían animarse y transfigurarse los de los antiguos profetas, pero bien pronto enmudeció y tornó a sus mejillas, aumentada todavía, la palidez que le era propia, y sus ojos volvieron a mirar en derredor con aquella extraña vaguedad y azoramiento con que parecía perseguir las sombras en el vacío. Después, con voz cada vez más misteriosa y aire preocupado, cual si al mismo tiempo que hablaba pusiese atención a algo que se oyese allá a lo lejos, prosiguió diciendo:

—¡Cuánto tiempo hace que he debido comenzar mi obra! Dinero, posición, libertad, firmeza de ánimo y buen deseo... nada me falta. El alma de mi tío viene cada noche a decirme mientras yo duermo: «¿Cuándo despertarás?». Los espíritus de los pobres locos, muertos en medio de los caminos o lejos de su patria me llenaban de sobresalto, y sin embargo no hubo hasta ahora quien pudiese arrancarme de esta ciudad de las lluvias y de la estéril inmovilidad en donde parece que el tiempo detiene su eterna marcha para escuchar cómo las gotas de lluvia resuenan al caer sobre el embaldosado de granito de sus calles, mientras las campanas de la catedral tocan por la mañana al alba, al coro por la tarde, siempre del mismo modo, monótonos siempre. Los días pasan y pasan, y yo sumido en mis sueños más o menos dolorosos, pensando siempre en ella, esperándola siempre, me dije:

»—Dejaré pasar el otoño: ¡es tan hermoso aquí!, después será tiempo, y desde que el otoño hubo pasado volví a decir: crudo es el invierno, esperemos la primavera, y desde que llegó la primavera no pude decidirme a abandonar estos campos tan frescos y llenos de verdor, esperando a que llegase el estío... y... ya lo ves, soy en esto de mi tierra tan apático y tan criminal como mis hermanos. ¡Ah, qué enemigo tan grande tenemos en la clara luz del sol y en la hermosura de nuestros campos, en sus colores y perfumes, en sus flores, sus riachuelos y sus pájaros...! ¡Éste, éste es lo que llamamos sencillamente mal sino del país! Que así como hay criaturas cuya propia hermosura hace desventuradas, puede decirse que hay pueblos destinados también a eterno infortunio, siendo quizá causa de esto la apacible suavidad de su clima, el mimoso calor de su sol, la belleza incomparable de su suelo.

No bien Luis había acabado de hablar de esta suerte, cuando se oyó cerca de ambos amigos el aleteo de un pájaro; después resonó por tres veces consecutivas el grito monótono y agudo del milano, y entre los dos amigos vino a caer ensangrentada y con las alas destrozadas una urraca que luchaba con las ansias de la muerte, intentando en vano levantar el vuelo.

Luis dio entonces un salto hacia atrás y señalando el pájaro a Pedro con ojos espantados murmuró:

—¿La ves...? ¿La ves? ¡Es la misma...! ¡Es la urraca de mi Berenice! ¡Dios mío! ¡Dios mío! —añadió con secreto terror...—. ¿Qué quiere decir esto? —Y guardó silencio como si escuchase algo que le hacía estremecerse.

»Mis presentimientos —prosiguió diciendo momentos después— aumentan de una manera prodigiosa... Unas veces oigo gemidos y voces que pronuncian secretamente mi nombre... ¡No quieren que entienda lo que dicen! Otras resuenan cerca de mi oído carcajadas siniestras cuyo eco va a perderse muy lejos... muy lejos... ¿Tú no percibes nada, Pedro?

—Nada —repuso aquél, sintiendo que querían erizársele los cabellos—, nada oigo si no es el viento que silba por entre las ramas de los árboles.

—¡Parece mentira! —añadió Luis, tan inquieto y conmovido que Pedro sintió crecer su alarma y le miró asustado—. Carcajadas y voces suenan perfectamente claras y distintas... ¡Ay!, en este momento me pesa de conocer tan a fondo ciertos misterios... Pedro... Pedro... no quieras nunca, no intentes penetrar en lo oculto; no es de buen presagio ver, estando aún vivo, cosas que pertenecen al reino de los muertos... Pero... ¡calla!, han cesado las carcajadas y suena una música como de ángeles, mientras las estrellas quieren brillar en el cielo en medio del día, y se regocijan en el seno de la tierra los gérmenes de las plantas como si hubiese llegado el momento de que puedan sentir los besos del sol... El momento se acerca... tiemblo de terror, y al mismo tiempo me embarga una alegría intensa, no sentida jamás... ¡Pedro...! ¿Qué es esto? ¿Qué va a pasarme?

Y Luis, con el rostro cual nunca demudado y mirando siempre vagamente hacia el horizonte, apoyó repentinamente su mano trémula en el brazo de su amigo.

No tardó, sin embargo, Pedro en ver aparecer por entre los árboles una mujer elegantemente ataviada, un poco gruesa, pero hermosa, y que sin que se hubiera apercibido de la presencia de los dos jóvenes, ni Luis la hubiese visto tampoco venir, se aproximaba con paso bastante ligero hacia ellos.

Desde que Pedro pudo fijarse en el aire y en el rostro de aquella mujer, pintóse en el suyo una de esas sorpresas que sólo pueden ser producidas por algún extraordinario cuanto inesperado suceso.

—¿Qué ves? ¿Qué ocurre? —le preguntó Luis tembloroso y con un acento que revelaba gozo... incertidumbre... terror... y volviéndose de repente hacia el punto en donde Pedro tenía fijos los asombrados ojos, pasó entonces en aquel santo retiro, donde tantas veces los frailes habrían meditado en las cosas eternas y celestiales, una tan terrena como terrible y difícil de describir.

Luis quedó al pronto rígido y como clavado al suelo; diríase que acababa de convertirse en estatua; pero momentos después, exhalando un grito de cuya expresión nadie sería capaz de dar idea, lanzóse como una flecha hacia la hermosa que discurría sosegadamente por aquellas poéticas avenidas, y echándole los brazos la estrechó fuertemente contra el pecho, cubriendo su rostro de ardientes, de frenéticos besos.

No tardaron en llegar a oídos del asombrado Pedro los gritos de la dama, que intentando en vano huir de aquellas caricias y aquellos abrazos que amenazaban ahogarla, se retorcía penosamente en los brazos de hierro que la estrechaban. Pedro corrió hacia ellos, y con acento durísimo dijo a su amigo:

—¿Qué estás haciendo, desventurado?

Pero Luis, sin verle, ni oírle, proseguía acariciando a la hermosa cada vez con mayor locura y frenesí, mientras a intervalos murmuraba:

—Mi ídolo... mi gloria... mi todo... al fin has vuelto, y nadie... nadie será ahora capaz de arrancarte de mis brazos ¡Berenice de mi alma! Porque eres mía... mía... ¡sólo mía!

Y la apretaba... la apretaba contra su corazón como si quisiese ahogarla. Pedro hizo inútiles esfuerzos para librar a la infeliz de aquellos casi mortales abrazos, porque Luis, con sobrehumano esfuerzo, se negaba a soltar su presa. Pero bien pronto aparecieron en el lugar de la escena un caballero de descomunal estatura, y un lacayo que le seguía, impasible y tieso como un maniquí. El primero, sin perder un punto de su gravedad sajona, se adelantó a grandes pasos y poniendo sus manos sobre Luis, mientras con hercúlea fuerza procuraba apartarle de la dama, exclamó:

*—Mí ser hombre de la senora, mí matar ladrón espanol bruto.*

Aquel acento y el contacto de aquellas manos que habían osado tocarle, hicieron en Luis un efecto mágico despertándole de su delirio con la rapidez del relámpago, si bien para sumirle en otro mil veces más fatal. De repente soltó a

Berenice, y con los ojos inyectados de sangre y casi fuera de sus órbitas, volvióse hacia el *yankee* semejante a una fiera, y se le abalanzó al cuello dispuesto a estrangularle mientras decía con voz gutural:

—Tú... tú sí que eres el ladrón de mi tesoro, bestia feroz, y vas a morir.

Los movimientos de Luis fueron tan rápidos como los de un tigre hambriento al arrojarse sobre su presa para devorarla, y el *yankee* hubiera perecido sin remedio en sus manos antes de hacerse cargo de que se le mataba, si Pedro y el lacayo, desplegando todas sus fuerzas, no hubieran logrado contenerle. Pero como Luis, con la mirada extraviada y desencajado el rostro, no cejase en su empeño de matar a su aborrecible rival, hubieron de pedir auxilio, porque no eran bastantes ambos a contenerle en su furia, pues ésta se redoblaba a cada momento de una manera prodigiosa. Los jornaleros y algunos criados del convento acudieron a las voces, y mientras unos rodearon a la dama que se había desmayado, otros se lanzaron sobre Luis, siéndoles poco menos que imposible dar cuenta de él, porque parecía un loco furioso. En efecto; no tardaron todos en comprender que loco furioso acababa de volverse el malaventurado joven.

A duras penas pudieron arrastrarle hasta una de las habitaciones del convento, y allí le dejaron custodiado mientras el *yankee*, palpando su ancho pescuezo, en el cual habían dejado sangrientas huellas los dedos del pobre Luis, murmuraba:

*—Mí a bárbara Espana no volver: aquí robar muqueres y desollar homes vivos.*

A los pocos días, Berenice dio a luz un niño muerto. ¿Por qué se había atrevido a visitar aquel bosque, en el cual había sido causa de la mayor felicidad y de la más grande desdicha que puede caberle a un hombre?

Pedro lo supo después: ella andaba recorriendo su país (así como acababa de recorrer otros muchos) sin acordarse para nada, al poner el pie en aquellas hermosas praderas, del hombre que allí vagaba errante entregado a los delirios de su inmortal pasión y esperando volver a verla, para poder morir mártir de un amor incurable.

Y en efecto, murió; primero de la peor de las muertes, la locura, y después (muy pronto) de la que, en apariencia al menos, da aquí término a nuestras penas.

Pedro no quiso que su infortunado amigo fuese a pasar el resto de sus tristes días en ninguna casa de locos, si no que allí, en aquel monasterio que Luis llamaba suyo, y que tanto había amado, hizo que se reparasen algunas habitaciones para que, con los que habían de asistirle en su soledad, pudiese vivir con desahogo. ¿Quién sabe si a través de la nube que envolvía su razón no pudo comprender alguna vez que se hallaba en su lugar favorito, en donde tanto había gozado, tanto había sufrido, y en donde quería morir?

Como se ve, no pudo aquel joven visionario, tan lleno de pasión como de sentimiento, dar principio siquiera a la soñada regeneración de su país, ni menos ser uno de sus apóstoles y mártires, cuando esto último le hubiera sido cosa harto hacedera.

Lo único que Luis pudo lograr (y esto pudiera tenerse como funesto augurio), fue ser *el primer loco* que habitó en aquel lugar de soledad a donde, como Luis, solemos ir todos los que le amamos a consolarnos de nuestras penas y pensar que bien pronto iremos a reunirnos con él en el mundo de los espíritus, los que todavía arrastramos nuestra existencia en este valle de dolores.

La vida del pobre demente fue breve, y dulces sus postrimerías.

—¡Berenice... Berenice de mi alma! —repetía sin cesar como si rezase—. Vuelve, vuelve... huye de ese ogro... refúgiate en mi corazón. Aquí te espero, escondido en mi sepulcro, para que no nos vean, ni él, ni Esmeralda. ¡Allí está... mirándonos... qué ojos... qué sonrisa... qué dientes...! ¿Ves cómo me llama? ¡Ven, vámonos al cielo... escondámonos que me asustan... huyamos de ellos!

¡Quién pudiera descorrer los velos de la eternidad, para saber si los sueños amorosos, si las ansias inmortales de Luis, pudieron cumplirse en otro mundo!

Lestrove (Padrón), febrero de 1881.

# Rosalía de Castro

## (1837-1885)

Rosalía de Castro nació en Santiago de Compostela (Galicia), el 23 de febrero de 1837. Poeta y novelista del siglo XIX, es una figura ligada indeleblemente al renacimiento literario gallego, siendo además considerada una precursora de la poesía española moderna.

Descendiente de un amor prohibido, al ser hija de un sacerdote y una mujer soltera, fue inscrita en su bautismo como «hija de padres incógnitos». Pasaría su infancia en Ortoño al cuidado de sus tías paternas y en Padrón en compañía de su madre, aldeas que la conectaron con el entorno rural y el idioma gallego, que pervivía entre el campesinado. En torno al año 1850 se traslada a la ciudad de Santiago de Compostela, donde recibe instrucción y acude al Liceo de la Juventud.

Su traslado a Madrid en 1856 le posibilitó el entrar en contacto con círculos literarios, conociendo a autores como Bécquer o Manuel Murguía. Su primer poemario, *La flor* (1857), fue acogido y difundido con simpatía por Murguía, quien se convertiría en su marido en 1858, teniendo un peso esencial en la vida literaria de Rosalía, al alentarla a escribir y favorecer la publicación de sus poemas. De su matrimonio nacieron siete hijos, todos ellos en Galicia, aunque la pareja cambió de domicilio en múltiples ocasiones, residiendo en ciudades como Madrid, La Coruña o Simancas.

Su primera incursión en la narrativa tiene lugar en 1859 con la publicación de *La hija del mar*, a la que siguieron otras novelas. Su delicada salud y su vida consagrada al hogar contribuyeron a acentuar su melancolía y su visión desolada del mundo, que tuvo reflejo en su escritura. Alcanzaría el éxito con la obra *Cantares gallegos* (1863), cuyos poemas fueron objeto de admiración; junto a *Follas novas* (1880), ambas obras son consideradas hitos en la literatura gallega. Su último poemario, *En las orillas del Sar* (1884), destaca como una obra clave de la poesía del Romanticismo.

Fallecería en 1885 a causa de un cáncer de útero, marcando su obra un punto de inflexión en la historia de la literatura al recuperar un denostado idioma y otorgarle prestigio literario.

# Índice

*Este libro se terminó de editar en Granada*
*en marzo de 2025 por*

Aliarediciones

www.aliarediciones.es
*info@aliarediciones.es*